O grito da seda
Entre drapeados e costureirinhas: a história de um alienista muito louco

Gaëtan Gatian de Clérambault
Danielle Arnoux
José María Álvarez

O grito da seda
Entre drapeados e costureirinhas:
a história de um alienista muito louco

ORGANIZAÇÃO E TRADUÇÃO
Tomaz Tadeu

autêntica

Copyright da tradução © 2012 Tomaz Tadeu
Copyright © 2012 Autêntica Editora

PROJETO GRÁFICO DA CAPA
Diogo Droschi

EDITORAÇÃO ELETRÔNICA
Waldênia Alvarenga Santos Ataíde

REVISÃO
Lira Córdova

EDITORA RESPONSÁVEL
Rejane Dias

Fonte das imagens das páginas 11, 85, 123 e 153: ©Photo SCALA, Florence. Iconoteque© 2011.

Todos os direitos reservados pela Autêntica Editora. Nenhuma parte desta publicação poderá ser reproduzida, seja por meios mecânicos, eletrônicos, seja via cópia xerográfica, sem a autorização prévia da Editora.

AUTÊNTICA EDITORA LTDA.
Belo Horizonte
Rua Aimorés, 981, 8º andar . Funcionários
30140-071 . Belo Horizonte . MG
Tel.: (55 31) 3222 6819

São Paulo
Av. Paulista, 2073 . Conjunto Nacional
Horsa I . 11º andar . Conj. 1101
Cerqueira César . 01311-940 . São Paulo . SP
Tel.: (55 11) 3034 4468

Televendas: 0800 283 1322
www.autenticaeditora.com.br

Dados Internacionais de Catalogação na Publicação (CIP)
(Câmara Brasileira do Livro, SP, Brasil)

O grito da seda : entre drapeados e costureirinhas : a história de um alienista muito louco / organização e tradução Tomaz Tadeu. – Belo Horizonte : Autêntica Editora, 2012. – (Mimo, 9)

Vários autores
ISBN 978-85-7526-579-6

1. Clérambault, Gaëtan Gatian de, 1872-1934 2. Moda 3. Paixão pelos tecidos 4. Psicanálise 5. Psiquiatria - França - História - Século 20 6. Seda I. Tadeu, Tomaz. II. Série.

11-13067 CDD-616.890092

Índices para catálogo sistemático:
1. Psiquiatras : Vida e obra 616.890092

7	**Apresentação**
10	**Clérambault: o grito da seda**
13	O apogeu da clínica do olhar
23	A escola do Dépôt e a outra face da psicopatologia
33	Paixão erótica dos tecidos na mulher [1908]
77	Paixão erótica dos tecidos na mulher [1910]
84	**Clérambault: o prazer da dobra**
87	Analítica do drapeado: as fotografias de Clérambault
107	Classificação das roupas drapeadas
113	Pesquisas tecnológicas sobre o drapeado
122	**Clérambault: o declínio da mirada**
125	Lembranças de um médico operado da catarata
149	O testamento de Clérambault
152	**Cronologia**

Apresentação

A ideia de um livro sobre Clérambault vem de longe. Não lembro exatamente o ano, 1998 talvez. É da época em que andava envolvido com Foucault, Estudos Culturais, pós-estruturalismo, pós-modernismo. Foi aí que li a primeira notícia sobre esse psiquiatra francês do início do século XX que se notabilizara por suas análises de casos de mulheres que revelavam uma estranha perversão: a paixão pela seda. Que gozavam ao tocá-la. Que a furtavam para esfregá-la e esfregar-se com ela.

Mais estranho era que o doutor também parecia ter uma queda pelos tecidos e pelas roupas, tendo fotografado e estudado a roupa drapeada dos povos árabes, sobretudo em Marrocos.

Tudo isso fiquei sabendo por uma análise lacaniana do "caso" Clérambault feita por Joan Copjec no livro *Read My Desire*. Por coincidência, na mesma época, também vi, no canal francês da TV a cabo (TV 5), um filme supostamente baseado na vida de Clérambault: *O grito da seda*, de 1996, dirigido por Yvon Marciano. (Que o título do presente livro utilize a mesma expressão não constitui propriamente um roubo, pois a expressão está presente no texto em que Clérambault descreve a síndrome da suposta perversão e teria sido utilizada por uma das mulheres entrevistadas por ele.)

A descoberta de Clérambault também coincide com a época em que eu pesquisava o conceito de fetiche para um texto que seria publicado no livro *O currículo como fetiche* (Autêntica Editora). Assim como a fascinação pelo fetiche, a fascinação pela figura de Clérambault nunca me abandonou. E aqui está, finalmente, o resultado desse fascínio.

A ideia inicial era publicar apenas os dois famosos textos em que Clérambault descreve e analisa a suposta perversão feminina da paixão pelos tecidos. Mas, nessa retomada, 12 anos depois, resolvi explorar um pouco também o outro lado do psiquiatra francês: a sua própria paixão pelos drapeados árabes. Assim, o livro está organizado em torno desses dois eixos: o do Clérambault psiquiatra e do Clérambault estudioso das roupas drapeadas árabes.

O primeiro conjunto está centrado, obviamente, nos dois célebres textos, o de 1908 e o de 1910. Eles são complementados e textualizados por dois ensaios de José María Álvarez. Num deles, o estudioso espanhol contextualiza a atuação de Clérambault como médico chefe da Enfermaria Especial da Chefatura de Polícia de Paris. No outro, Álvarez focaliza o método e a prática do psiquiatra Clérambault.

A faceta, por assim, "etnográfica" de Clérambault é aqui revelada por dois textos centrados na análise do drapeado árabe: "Classificação das roupas drapeadas" e "Pesquisas tecnológicas sobre o drapeado". O primeiro é a transcrição, em forma de ata, de uma palestra dada por Clérambault, em 1928, numa reunião da Sociedade Etnográfica de Paris. O segundo é uma reunião de notas sobre o drapeado que resume uma das conferências dadas num ciclo sobre o tema na Escola de Belas Artes de Paris, para o qual o psiquiatra francês havia sido especialmente convidado. Tem-se uma ideia mais precisa do alcance e da importância da contribuição dada por Clérambault ao estudo das roupas drapeadas pela leitura do artigo de Danielle Arnoux, "Analítica do drapeado".

Finalmente, o livro inclui também um comovente texto em que Clérambault descreve a cirurgia de catarata a que foi submetido na famosa clínica do doutor Barraquer, em Barcelona. De certa forma, esse depoimento, escrito um pouco antes de suicidar-se, resume o espírito metódico e analítico que une as duas facetas de Clérambault: a de psiquiatra e a de etnólogo dos drapeados árabes.

Agradeço aos autores e às publicações originais que prontamente concederam a autorização para que os seus textos fossem aqui publicados.

Tomaz Tadeu

Clérambault: o grito da seda

Clérambault:
o apogeu da clínica do olhar

José María Álvarez

No dia 4 de dezembro de 1934, o jornal *Le Figaro* publicava um artigo de Joseph Kessel, no qual se buscava restaurar a maculada memória do Dr. de Clérambault, elevando-o ao firmamento da psiquiatria e comparando seu gênio ao do próprio Freud. Alguns dias antes, 17 de novembro, Clérambault, médico-chefe da Enfermaria Especial do Dépôt,[1] havia cometido suicídio, em sua casa à rua Danicourt, em Malakoff. Seus inimigos, que eram muitos, qualificavam-no como demente, enquanto alguns de seus amigos asseguravam que havia se suicidado porque estava ficando cego. Essa era precisamente a maior desgraça que podia acontecer a alguém que havia feito do olhar o veículo de seu prazer e a fonte de suas descobertas clínicas. E, justamente, Clérambault representa, na história da clínica mental, o apogeu da clínica do olhar.

Passaram-se 60 anos desde sua morte.[2] Sua obra está mais viva do que nunca,[3] mais viva inclusive do que nos anos em que reinou e combateu em seu escritório da Chefatura de Polícia de Paris. E, paradoxos da história, o resgate do empoeirado quarto de fundo dos grandes nomes da Psiquiatria se deu, essencialmente, através de um psicanalista, Jacques Lacan, que foi seu aluno nos anos de formação psiquiátrica.

Quem foi Clérambault, que descobertas realizou?

Gaëtan Henri Alfred Édouard Léon Marie Gatian de Clérambault nasceu em Bourges, em 2 de julho de 1872, no seio de uma família nobre e acomodada. De estirpe notável (o pai descendia, em linha direta, da mãe de René Descartes, e a mãe contava entre seus ancestrais o dramaturgo Alfred de Vigny), os Clérambault haviam ocupado cargos destacados na magistratura. O jovem Gaëtan logo se destacou pela avidez pela leitura e pelo gosto pelas formas artísticas. Após empreender estudos de Artes Decorativas, a vontade paterna encaminha-o para a carreira de Direito. Concluída essa, inicia sua formação em Medicina, com o único propósito de estudar Psiquiatria.

Em 1905, foi nomeado médico-adjunto da Enfermaria Especial da Chefatura de Polícia de Paris. Era o início de uma vertiginosa carreira psiquiátrica que culmina com sua nomeação como médico-chefe da mesma Enfermaria, em 1920, sucedendo a Dupré.

Toda a sua obra psiquiátrica está ligada ao seu local de trabalho. A Enfermaria Especial ocupou, desde a sua criação, um âmbito privilegiado na clínica francesa dos delírios. Criada por Lasègue, em 1850, servia de "depósito", no qual se deixavam, temporariamente, pacientes enviados das delegacias, das prisões e das ruas parisienses. Ali eram meticulosamente observados, interrogados, pesquisados e avaliados, e dali eram novamente remetidos aos serviços assistenciais ou à prisão. Muitos desses enfermos eram levados à força à Enfermaria Especial, por ocasião de sua primeira crise ou surto, apresentando alguma patologia nunca antes observada. Essas patologias inaugurais eram as preferidas de Clérambault; nem sequer a seus colaboradores mais próximos confiava os primeiros exames: queria ver e assistir a gênese e o desenvolvimento da psicose.

A partir desse observatório excepcional, foram escritas páginas clássicas da fenomenologia da psicose e das intoxicações. Todos os médicos-chefes da Enfermaria forjaram ali suas obras mais notáveis: Lasègue (1850-1883), o delírio das perseguições, os delírios alcoólicos e o exibicionismo; Legran du Saulle (1883-1886), as repercussões médico-legais da paralisia geral; Garnier

(1886-1905), os casos de embriaguez patológica; Dupré (1905-1920), as patologias da imaginação e da emotividade; Clérambault (1905-1934), as intoxicações por drogas, os delírios coletivos, as psicoses passionais, o Automatismo Mental e a paranoia.

A busca dos mecanismos geradores da psicose, a redução fenomenológica a uma quintessência primeira e originária estão sempre presentes nos diferentes âmbitos psicopatológicos sobre os quais Clérambault fixou seu olhar. Não se trata simplesmente de uma reorganização sintomatológica e da consecutiva produção de novas entidades clínicas; trata-se, e nisso reside seu valor, de esclarecer a estrutura basal fenomênica dos diferentes tipos de psicose.

Observa-se, ao longo de toda a sua obra, sempre o mesmo esforço por reduzir a patologia mental a síndromes elementares, baseando-se, para isso, na dissecção fenomenológica das formas de início ou prodrômicas e na importância outorgada aos pequenos signos, muitos deles mal perceptíveis para o observador inexperiente, acostumado às macrovisões dos grandes temas delirantes. É bastante conhecida sua ideologia mecanicista e seu empenho por desalojar e excluir os fatores psicológicos da patogenia mental. Sua pretensão última não foi senão a de reduzir a clínica mental à Neurologia. Esse empenho, defendido, por desgraça de seus adversários, com um ardor próximo ao paroxismo, não deve nos impedir, entretanto, de reconhecer o valor de seus achados.

O essencial de suas publicações pode ser agrupado em cinco grandes blocos: os delírios coletivos; os delírios tóxicos e os transtornos mentais consecutivos às intoxicações crônicas; a epilepsia; as psicoses passionais; o Automatismo Mental. Todos os seus textos e atestados clínicos se distinguem por uma marca inequívoca: um estilo fulminante, conciso, extremamente preciso, salpicado de neologismos, aos quais recorria quando o vocabulário existente lhe parecia insuficiente.

No âmbito das psicoses delirantes, Clérambault opõe as psicoses baseadas no Automatismo Mental a um grupo heterogêneo e reduzido a que podemos denominar, em princípio, "grupo paranoico". Nesse grupo heterogêneo, opõe igualmente as psicoses passionais (erotomania, delírio de ciúmes e delírio de reivindicação) à paranoia propriamente dita ("caráter paranoico"). Como categoria clínica específica, as psicoses passionais adquirem, com os trabalhos publicados por nosso autor a partir de 1920, carta de cidadania. Esses trabalhos, dedicados em especial à erotomania, paradigma das psicoses passionais, continuam sendo, na atualidade, uma fonte imprescindível em qualquer abordagem clínica, sendo, inclusive, frequente encontrar a expressão "erotomania de Clérambault".

Em que reside a originalidade de Clérambault quando se trata de descrever a erotomania? Basicamente, em reduzir toda a fenomenologia passional (Esquirol) e idealista (Dide) a uma certeza, que ele denomina "Postulado", seguindo uma terminologia própria da lógica. Para além de precisões nosográficas de um matiz quase evanescente (separação das formas "puras" e "mistas", formas prodrômicas e sobrepostas, oposição aos delírios paranoicos, etc.), a erotomania se reduz apenas ao "Postulado" inicial e gerador de todo o desenvolvimento delirante posterior, dos raciocínios, dos atos e da evolução, qualquer que seja. O "Postulado" – nós diríamos "certeza" – formula-se no enunciado: "foi o Objeto que tomou a iniciativa e é quem mais ama ou o único que ama" (CLÉRAMBAULT, 1942a, p. 338), isto é, o Outro me ama. A figura canônica desse Outro amante irredimível é, geralmente, alguém de prestígio, elevado, importante; um Outro sem falta, desapiedadamente onipresente. A erotomania e, em geral, as psicoses passionais nos revelam um sujeito capturado por uma certeza sobre o Outro, uma certeza sobre o amor ou sobre o gozo que lhe concerne e que preside até o menor de seus atos e pensamentos.

Qualquer que seja a fórmula ou temática delirante, está sempre submetida ao "Postulado" e trata-se, geralmente, de explicar os paradoxos da conduta do Objeto (Outro amante): se está casado, seu casamento não é válido; não pode ser feliz, nem tem valor completo sem o pretendente (erotômano), etc.

Clérambault distingue três fases na evolução "setorizada" da erotomania, que nem sempre se cumprem por completo: Esperança, Despeito e Rancor.

Separados nosograficamente dos passionais, os delirantes interpretativos e paranoicos são assim situados: "O passional, seja ele erotômano, reivindicador ou até mesmo ciumento, tem, desde o início de seu delírio um objetivo preciso; seu delírio coloca em jogo, desde o início, sua vontade, e reside aí, precisamente, uma de suas características diferenciais: o delirante interpretativo vive num estado de expectativa, o delirante passional vive num estado de esforço. O delirante interpretativo vaga no mistério, inquieto, assustado e passivo, racionalizando tudo o que observa e buscando explicações que só descobre gradualmente; o delirante passional avança em direção a um objetivo, com uma exigência consciente, completa desde o início, não delirando senão no domínio de seu desejo: suas cogitações são polarizadas, tal como o é a sua vontade, e em razão de sua vontade" (CLÉRAMBAULT, 1942a, p. 342). O passional comprova, pois, sua certeza, que é seu ponto de partida e de chegada, enquanto que o interpretador trabalha, segundo Clérambault, para testar sua certeza.

Com idêntico procedimento reducionista, e à procura dos mecanismos geradores, Clérambault investiga a quintessência das psicoses delirantes e alucinatórias, opostas, geneticamente, às psicoses alucinatórias crônicas, especialmente em sua fase prodrômica, o que o leva, entre 1919 e 1927, às elaborações do "dogma" sobre o Automatismo Mental.

Primeiramente, ele define os delírios como sendo um produto secundário (efeito e não causa) relativamente a uma estrutura elementar: o Automatismo Mental, que "é certamente o Fenômeno Primordial e que está na base de Delírios secundários muito variados. Por ocasião de uma mesma síndrome de Automatismo, um doente terá, por interpretação, um delírio de desconfiança; outro, por imaginação, terá um delírio megalomaníaco; outros terão delírios místicos ou eróticos; ou, ainda, uma mistura deles. Nessa concepção, a porção Alucinatória (sensitiva, sensorial, motriz) dos Delírios chamados de Perseguição é fundamental, primitiva. As Ideias de Perseguição constituem um processo anexo, o doente não é perseguido senão secundariamente. [...] Pode-se dizer que no momento em que o delírio surge, a psicose é, já, velha. O Delírio não é senão a Superestrutura" (CLÉRAMBAULT, 1942b, p. 465-466).

Posteriormente, também a porção alucinatória, no sentido em que, desde Baillarger e Séglas, se definem as alucinações, será considerada como secundária e anexa. E, então, o que define, pois, esse extenso grupo de psicoses alucinatórias – Clérambault não gostava do termo "esquizofrenia" – desde que se consideram secundários os delírios e as alucinações? Precisamente, essa matriz invisível, autônoma e geradora que Clérambault conseguiu ver e nomear: o A. M. "Por Automatismo Mental entendo os fenômenos clássicos: pensamento antecipado, enunciação dos atos, impulsos verbais, tendência aos fenômenos psicomotores [...]. Julgo, com frequência, ao isolar o grupo de fenômenos mencionados, ter inovado alguns aspectos, ao afirmar: 1. Seu caráter essencialmente neutro (neutro ao menos em princípio); 2. Seu caráter sensorial; 3. Seu papel inicial no princípio das psicoses" (CLÉRAMBAULt, 1942c, p. 492-493).

Com essas três características dos fenômenos iniciais, prévios ao delírio e à alucinação propriamente dita, se situam, com precisão, o desdobramento e a divisão xenopática[4] do sujeito, constituído em fonte parasita e receptora de fenômenos elementares que, no princípio, não têm significação alguma. Esse "Automatismo Mental Menor" ou "Síndrome de Passividade", como ele o denominou em 1925, sempre afetiva e identicamente neutro, constitui o estado prodrômico à elaboração do delírio, com o qual o sujeito trata de "explicar" os fenômenos xenopáticos dos quais se torna presa. Ao mesmo tempo que se desenvolvem as temáticas explicativas, avança a tendência à verbalização, e as alucinações psicomotoras verbais florescem. Finalmente, embora não em todos os casos, instaura-se a síndrome completa, "Triplo Automatismo Mental", caracterizada por transtornos do pensamento e da linguagem, automatismos sensores e sensitivos e "vozes" propriamente ditas.

A ideologia mecanicista de Clérambault mostra o seu limite ao deixar, claramente, o sujeito de lado. Todos os fenômenos possíveis são descritos e hierarquizados até o último matiz, mas o psiquiatra não consegue – tampouco o pretende – articular os fenômenos automáticos e xenopáticos com o sujeito que os produz, e dos quais é, ao mesmo tempo, vítima. Esquartejado em sua identidade pelo retorno real dos fenômenos xenopáticos significantes (o Outro me fala), o sujeito se vê compelido a se reconstruir precisamente por meio do trabalho delirante com esses significantes xenopáticos.

Em nenhuma outra forma de alienação mental se revelam com tanta clareza quanto no Automatismo Mental o poder e a tirania do significante sobre o sujeito, a consubstancialidade do ser e da linguagem, entendida essa não como uma faculdade do ser, mas como um câncer que o possui, o determina e o despedaça. Nesse ponto, as descrições e constatações de Clérambault articulam-se com as elaborações de Freud e com os desenvolvimentos teóricos de Lacan, desde seu seminário sobre Schreber. No limite quase transfenomênico em que Clérambault se deteve, Lacan desenvolveu o fundamento estrutural que possibilitou a abertura de uma nova clínica da psicose.

Clérambault, o mais sagaz dos observadores, viu-se privado, ao final de sua vida, da visão e do olhar. Em 1934, foi operado de uma dupla catarata por Barraquer, em Barcelona. Quase cego, artrítico, mergulhado na melancolia e após redigir um testamento delirante, suicidou-se com seu velho revólver de guerra. Sentado frente ao espelho, rodeado das fiéis companheiras de seu eterno celibato (alguns manequins de cera[5] vestidos com túnicas árabes), introduziu o revólver na boca e se matou, enquanto contemplava a si mesmo no espelho.

Deixava atrás de si uma vida marcada pela exaltação escopofílica que lhe permitiu ver o invisível da psicose; deixava suas fotografias de túnicas que cobriam mulheres norte-africanas, as conferências na Escola de Belas Artes, seus estudos etnográficos sobre o vestuário, seus trabalhos fascinados pelo fetichismo da seda em algumas mulheres, a Cruz da Legião de Honra e a Cruz de Guerra por sua bravura em combate.

E, como não poderia ser diferente, Clérambault deixou seus olhos à disposição do exame de qualquer colega que se habilitasse, talvez para que pudesse penetrar no mistério gozoso do olhar.

Notas

[1] *Dépôt* [depósito] foi precisamente o nome com que Lasègue a batizou em 1850. Continuou com esse nome até 1871, data em que passou a denominar-se *Enfermaria Especial*.

[2] A referência do autor é 1994, ano em que este artigo foi, inicialmente, publicado. (N.T.).

[3] Presenciamos, nos últimos anos, a reedição das publicações de Clérambault, assim como a numerosos estudos sobre elas. As *Œuvres Psychiatriques* foram reeditadas, em 1987, pela editora Frénésie, Paris. Na coleção *Le empecheurs de penser en rond*, foram publicados, recentemente, vários volumes temáticos de sua obra, com estudos críticos assinados por Garrabé, Leguil, Tisseron, etc. Não incluído nas *Œuvres Psychiatriques*, o trabalho "Paixão eróticas dos tecidos na mulher" apareceu no livro *La passion des étoffes chez un neuropsychiatre*, Paris, Solin, 1990.

[4] Referente a "xenopatia": expressão mórbida das diferentes atividades psíquicas que são sentidas, pelo sujeito, como estranhas à sua própria personalidade, criando conflitos no campo da consciência. (N.T.).

[5] Em artigo posterior, e referindo-se à mesma informação, mas divulgada em outra de suas publicações, José María Álvarez, o autor do presente artigo, desmente a existência desses manequins, considerando-a como apenas mais uma das lendas que se construíram em torno da figura de Clérambault: "Em monografia recente [...], contribuí, infelizmente, para difundir uma mentira que parece ter sido inventada por uma criada de língua viperina. [...] Pesquisas mais fidedignas desmentem o fato alegado" (ÁLVAREZ, 1999). (N.T.).

Referências

ÁLVAREZ, José María. Último lamento de Clérambault. *Revista de la Asociación Española de Psiquiatría*, v. XIX, n. 71, p. 457-466.

CLÉRAMBAULT, G. G. de. Les délires passionels; Érotomanie, Revendication, Jalousie [1921]. In: *Œuvres Psychiatriques*. Paris: PUF, 1942a.

CLÉRAMBAULT, G. G. de. Automatism mental et scission du moi [1920]. In: *Œuvres Psychiatriques*, Paris: PUF, 1942b.
CLÉRAMBAULT, G. G. de. Définition de l'Automatisme Mental [1924]. In: *Œuvres Psychiatriques*, Paris: PUF, 1942c.

[Originalmente publicado em *Revista de la Asociación Española de Neuropsiquiatría*, 1994, n. 51, p. 687-691, sob o título "Clérambault, el cenit de la clínica de la mirada". Agradecemos à revista e ao autor a autorização para transcrevê-lo na presente coletânea.]

[José María Álvarez é psicanalista espanhol, autor de livros como *Fundamentos de psicopatología psicoanalítica* (SÍNTESIS, 2004), *La invención de las enfermedades mentales* (GREDOS, 2008) e *Estudios sobre las psicosis* (GREDOS, 2008), entre outros.]

A escola do Dépôt e a outra face da psicopatologia

José María Álvarez

Tão antigo quanto atual, o debate sobre a legitimidade de valer-se de meios escusos para obter um determinado resultado não escapou, de modo algum, à formação do saber psicopatológico. Não há nenhuma dúvida de que a observação e a entrevista de pacientes são as fontes primigêneas de todo esse saber. De ambas, nossos clássicos extraíram os fenômenos e as coordenadas subjetivas necessárias para orientar-se relativamente ao diagnóstico, ao prognóstico e à direção terapêutica. Mas tanto a observação quanto a entrevista apresentam, em sua forma de execução, extremos tão contrários que se torna difícil reconhecer algum nexo comum entre todas essas variedades. Se é certo que encontramos, entre esses modos de olhar e de escutar, alguns estilos decididamente inquisitivos, que buscam apenas extrair signos mórbidos inequívocos, também encontramos outros estilos, mais equilibrados e respeitosos, que concedem especial importância à transferência, e outros, ainda, neutros e assépticos, que limitam seus objetivos a meras pesquisas semiológicas e que parecem servir para deixar o clínico tranquilo a respeito do encaminhamento a ser dado ao paciente.

Concorda-se em admitir que o primeiro desses estilos contribuiu para a produção de um conhecimento bastante detalhado e preciso da fenomenologia mental. É lícito afirmar que foi o empenho por arrancar, a qualquer preço, as palavras secretas da loucura e por detectar, com um olhar cortante, o mais fugaz dos lampejos de uma conduta transtornada, que tornou possível algumas das páginas mais belas e indeléveis da história da psicopatologia. Nem a infraestrutura alucinatória dos delírios de perseguição descritos por Lasegue há um século e meio, nem a "passagem de um pensamento invisível" e os outros fenômenos elementares do Automatismo Mental clérambaultiano, por exemplo, teriam passado a enriquecer o patrimônio de nosso mais consistente saber se não se tivesse utilizado algum tipo de abordagem que colocasse sob ameaça a couraça que toda loucura implica como suporte. Essa prática cortante e turva foi moeda corrente em muitos Serviços de Urgência, especialmente naqueles que tinham a obrigação de opinar sobre inquietantes e complicadas questões médico-legais. De todos eles, talvez a Infirmerie du Dépôt [Enfermaria do Depósito] ou o *quartier général de la folie* [quartel general da loucura] – como gostava de chamá-la E. Dupré – tenha sido o expoente mais notório desse estilo, tanto pelos êxitos psicopatológicos obtidos, quanto pela rede sanitário-policial em que esteve, em sua época mais gloriosa, inserida. Não obstante a evidente importância do conjunto das incomparáveis contribuições dessa escola parisiense,[1] é necessário questionar a ética de seu procedimento para com os pacientes e, mais concretamente, sobre os efeitos que esse estilo desconcertante causou sobre a dinâmica psíquica dos inúmeros loucos que eram conduzidos pela polícia às lúgubres celas da *Tour pointue* [Torre pontiaguda]. Pessoas acometidas de sérios transtornos psíquicos de diferentes tipos, e por diversas causas, eram ali compelidas a confessar o segredo necessário de sua trama persecutória; da mesma forma, no decorrer dos incessantes interrogatórios, a barreira de sua natural desconfiança acabava por ser derrubada, e a frágil couraça de seu mutismo não levava muito tempo para ser rompida. Toda vez que o especialista, o médico-chefe, concluía o seu diagnóstico e o seu suposto prognóstico, o louco – se é que o era[2] –, antes amparado em sua loucura e agora privado de seu indeclinável enigma, era transferido para o manicômio, o cárcere ou deixado livre para voltar às ruas.[3] Essa era a prática cotidiana daqueles justamente renomados alienistas que prestavam seus serviços ao bom funcionamento social, daqueles psiquiatras de gênio que nos fizeram partícipes de suas conquistas no terreno da patologia mental; a outra face da história, não obstante, é a desses sujeitos anônimos que foram forçados a entregar as evidências de sua loucura e, com elas, a sua inerente autoproteção.[4]

Localizada na Île de la Cité, junto ao Palácio da Justiça, entre a majestosa Nôtre-Dame e a Pont Neuf, abrigo de *clochards* [vagabundos], erige-se a torre pontiaguda que coroa a Enfermaria Especial da Chefatura de Polícia de Paris. Criada em 1850, e batizada com o expressivo nome de Dépôt, essa prisão confinava os despojos humanos retirados das ruas parisienses pela polícia: estrangeiros extraviados que mal arranhavam algumas palavras em francês; jovens sem lar; vagabundos e lunáticos; suicidas resgatados no último momento; prostitutas, enfermos e alienados que ameaçavam a ordem social. Ao colocar em aplicação o artigo 24 da lei de 30 de junho de 1838, pela qual os alienados não poderiam ser misturados, nem mantidos presos com os condenados ou com os detidos preventivamente, o chefe de polícia Velentin anunciava, numa circular de 1º de outubro de 1871, a criação da Infirmerie Spéciale. Dotada, mais adiante, de um pessoal especializado, a Enfermaria dispunha de 11 celas para homens e sete para mulheres, três das quais tinham colchões. Apesar de contar, no período em que foi dirigida por Garnier, com apenas 18 celas, as estatísticas informam que o número de *présumés* (ingressantes cuja alienação ainda não havia sido autenticada pelo certificado médico) oscilava entre 2.500 e 3.000 por ano. Os *présumés* eram examinados e diagnosticados num ritmo frenético: "Compreendam, senhores, que em tais condições, a lei que domina, aqui, toda a nossa atividade médica é a lei da *vitesse* [velocidade]. [...] Precisamos ser rápidos em nosso procedimento, sem nunca esquecer, não obstante, que é preciso ir direto ao que interessa e fazê-lo bem" (DUPRÉ, 1905, p. 10). Ir ao que interessa, ao essencial, extrair a *formule du délire* [fórmula do delírio] – como dizia Garnier –, não consistia em nada mais do que determinar a que classe de morbidez pertencia o doente, em que momento evolutivo se encontrava e qual seu desenvolvimento posterior. O sentido e a função dos sintomas, o valor do delírio e das alucinações na economia da psicose, e os recursos subjetivos para abrandá-la, não tinham lugar algum nesse tipo de concepção.

De Lasegue a Clérambault, essa *velocidade* impôs um tipo de *certificat-rapport* [certificado-relatório] que se tornou célebre: "Este certificado será um verdadeiro relatório; como consequência, será detalhadamente preenchido; deverá registrar: a data da última visita realizada ao doente pelo médico que o subscreve (sem que essa data retroaja a mais de oito dias); os sintomas observados e as provas da loucura *constatados pessoalmente pelo subscrevente*; o desenvolvimento da doença, assim como os motivos que fundamentam a recomendação para que o doente seja tratado em um estabelecimento para alienados e que permaneça ali internado" (GARNIER, 1896; ênfase no original).

Uma relação consubstancial liga as obras psiquiátricas de todos os médicos-chefes da Enfermaria Especial e a velocidade do estilo inquisitivo praticado nas entrevistas dos alienados agudos (intoxicados, alucinados, perseguidos e agressivos) que ancoravam em suas dependências. Ernest-Charles Lesegue, o primeiro administrador do *Dépôt*, ocupou a chefatura médica entre 1850 e 1883. Sua descrição matizada da arquitetura do delírio de perseguição, a partir do substrato alucinatório, tronco comum de todas as descrições posteriores, na literatura francesa, dos chamados *délires croniques* [delírios crônicos], não poderia ter-se realizado com tanta riqueza de detalhes em outro âmbito que não o da policial e premente Enfermaria Especial. Após sua morte, seu lugar foi ocupado, por pouco tempo, por Henri Legrand du Saulle, nos três últimos anos da vida desse último. Especialista em medicina legal e perito dos tribunais, Legrand du Saulle estudou em detalhe as repercussões legais da paralisia geral, e assentou algumas das bases, certamente paternalistas e indulgentes, de determinação da responsabilidade e da incapacitação dos doentes. Acometido de severas complicações diabéticas, Legrand du Saulle morreu em maio de 1886, sendo substituído pelo inolvidável Paul Garnier, que dirigiu a Enfermaria até 1905. Aluno de Magnan e Lasegue, esse elegante e amável psiquiatra se converteria, ao final, na referência onipresente da medicina legal francesa. Ao longo desses anos, Garnier teve a oportunidade de entrevistar a fina flor dos transtornados que pululavam pelas ruas de Paris: "Os sádicos, os masoquistas, os fetichistas, os onanistas e os erotômanos de todas as espécies. Eis aí a legião dos devastados de sempre das *folies génitales* [loucuras genitais]. Ele se mantém firme e se sai muito bem na tarefa de desmascarar a espécie sorrateira do simulador. Aos sobreviventes de um suicídio coletivo não lhes resta outro remédio do que o de se cuidar durante o interrogatório. Enfim, a população, inumerável nesse início de século, de alcoólatras delirantes e alucinados constituía o alimento cotidiano desse especialista habitual e refinado" (RUBENS, 1998, p. 89). Tal como acontecera no caso de Lasegue e seu delírio de perseguição, tampouco parece provável que os notáveis trabalhos de Garnier sobre os casos de alcoolismo patológico pudessem ter sido desenvolvidos num marco diferente daquele da Enfermaria Especial.

Paul Garnier morreu repentinamente, em 17 de março de 1905. A vaga de médico-chefe foi ocupada por Legras, cuja figura ficaria obscurecida pelo carisma e pela obra de dois de seus médicos subordinados: Ernest Dupré e Gaëtan Gatian de Clérambault. Homem culto, brilhante e distinto, Dupré dedicou suas investigações mais substanciais à patologia da imaginação e da emotividade, retomando o clássico termo de mitomania para demarcar esse tipo de produção delirante; foi seu aluno Benjamin Logre quem, em 1925, compilaria, num célebre volume, o conjunto desses trabalhos. Um ano antes de sua morte, ocorrida em 1922, após uma hemorragia ventricular, Clérambault o substituiu na chefia médica da Enfermaria Especial. E durante os 14 anos em que reinou na Enfermaria (1920-1934), o afã de

Clérambault por esclarecer os mecanismos geradores da psicose se evidenciava em fatos tão notórios quanto não deixar que nenhum de seus colaboradores entrevistasse os *présumés* antes que ele o fizesse; "quero-os virgens", dizia (cf. MICHAUX, 1973, p. 45). Nos interrogatórios, mais que escutar com brandura e perguntar, sua prática se caracterizava por *manœuvrer les malades* [manejar os doentes]: "[...] devemos provocar no sujeito um estado mental no qual estará pronto a monologar e a discutir, a partir do qual nossa tática será nos calar, ou contradizer [...]. Esses enfermos não devem ser interrogados, *mas manejados*, e para manejá-los existe apenas um meio: *desconcertá-los*" (CLÉRAMBAULT, 1942a, p. 369); e também: "Esses exames devem, por outro lado, durar horas, a fim de exaurir o Sujeito, e tirar proveito da acumulação de suas lembranças [...]. Uma técnica desse tipo é aplicável a todo o tipo de passionais: Reivindicadores, Fanáticos, Ciumentos, e outros" (CLÉRAMBAULT, 194b, p. 410). Se o caso exigisse, Clérambault não vacilava em confrontar, ali mesmo, naquele momento, o delirante com seu perseguidor ou amante; sem maior pudor, fazia com que esse fosse trazido à Enfermaria, chamava o seu paciente e o manejava até que confessasse o que fosse necessário.[5] Não sem razão, esse estilo de interrogatório era desaprovado não apenas pelos *présumés*, mas também por alguns de seus alunos: "Os métodos de interrogatório, que se ufanam, às vezes, de trazer luzes preciosas à psiquiatria, não têm, na realidade, senão escassas vantagens, ao lado de inconvenientes muito sérios. O de mascarar os fatos não reconhecidos não nos parece menor que o de impor ao sujeito a confissão de sintomas conhecidos" (LACAN, 1979, p. 193).[6]

Além dessas críticas sobre os procedimentos de fazer o internado confessar, a qualquer custo, o que o clínico queria ouvir, alguns psiquiatras desses anos denunciaram repetidamente os prejuízos clínicos da trama policial em que estava imersa a Enfermaria, exigindo, inclusive, seu fechamento imediato. Edouard Toulouse, médico-chefe de Villejuif e médico pessoal de Antonin Artaud, que estava, nesse momento, internado nessa clínica, reuniu um punhado de bons argumentos nessa direção. Juntamente com Colin, Truelle e Vigouroux, Toulouse deslindou, em seu brilhante relatório, os pontos de fratura desse iatrogênico e contraproducente sistema de captação e encaminhamento de alienados: o delegado de polícia, encarregado de manter o bom funcionamento social do bairro, decide se determinado detido é enviado ou não ao especialista da Enfermaria Especial encarregado de confirmar sua alienação; no final das contas, é o chefe de polícia quem decide a respeito do internamento.[7] Mas está, por acaso, o funcionário de polícia preparado para escrutar os signos da loucura? Aos olhos do funcionário, que carece de formação psiquiátrica, os signos mais evidentes de loucura eram aqueles das visíveis manifestações maníacas; mas o grande paranoico, frio e calculista em seus juízos, reservado e contemporizador em suas apreciações, passava geralmente despercebido. De maneira lógica, Toulouse propunha uma comissão de especialistas constituída de alienistas para fazer os primeiros exames e eliminar, assim, a figura do funcionário policial da primeira abordagem da manifestação da loucura. As conclusões do relatório não deixavam nenhuma dúvida: a Enfermaria deveria ser fechada o quanto antes; os *présumés* deveriam ser examinados no Gabinete Central de Sainte-Anne e, se fosse o caso, o chefe de polícia se pronunciaria unicamente sobre os ingressos de sua competência.

As críticas ao alienismo policial tiveram, além disso, um papel destacado nos escritos dos surrealistas; sem ser diretamente mencionada, a figura prepotente de Clérambault prestou-se como nenhuma outra a tais propósitos. André Breton, cujo interesse pelo mundo onírico o levara a ler alguns textos de Freud e a visitá-lo, em Viena, em 1921, encontrou, num belo dia de 1926, Nadja – primeiras letras da palavra russa "esperança" –, na rua Lafayette. Sua fascinação por essa jovem, que parecia perambular em estado de decadência pelas ruas de Paris, bem como seus posteriores e casuais encontros, serviram de argumento ao corifeu dos surrealistas para compor o romance *Nadja*. O ingresso da jovem em um manicômio, tal como se narra ao final da obra, atiçou ainda mais a ira dos surrealistas contra os alienistas repressores. No segundo manifesto surrealista, escrito em 1930, Breton registrou o desconforto dos próceres da psiquiatria francesa diante do cáustico bombardeio de seus correligionários. Paul Abély, em uma das sessões da Sociedade Médico-Psicológica, convocou seus colegas a fazer frente comum contra os surrealistas, alegando "legítima defesa". Clérambault interveio no debate, estimulando o sentimento corporativista e mostrando seus indubitáveis conhecimentos artísticos, ao rotular os surrealistas de "procedimentalistas", pois seu método de criação consistia em evitar o pensamento e a observação: "A difamação constitui uma parte essencial dos riscos profissionais do alienista; de vez em quando, somos vítimas da difamação, no exercício de nossas funções de caráter administrativo ou de nossa missão de peritos convocados para uma consulta; o justo seria que a própria autoridade que exige nossos serviços assumisse a responsabilidade de nos proteger" (in BRETON, 1974, p. 160). Uma nova onda contra essa forma de alienismo ressurgiria nos anos 1960 com o movimento antipsiquiátrico.

Notas

O último parágrafo do artigo original não foi traduzido, por se referir, exclusivamente, à apresentação de um texto de Dupré publicado no mesmo número da revista de onde o presente ensaio foi extraído. (N.T.).

[1] Embora seja certo que as diferenças teóricas entre os médicos-chefes da Enfermaria sejam mais que evidentes, parece-nos pertinente, não obstante, ressaltar algumas diretrizes próprias dessa escola, plasmadas num estilo de prática clínica comum a todos eles; essas diretrizes foram determinadas essencialmente pelas características intrínsecas a esse enclave assistencial. Essa mesma ideia é desenvolvida em Fuentenebro (1995).

[2] Não faltaram, na imprensa, notícias do estilo da que segue (trata-se de um desses présumés que posteriormente foram declarados como não alienados): "Durante oito dias, sem que nada, em absoluto, justificasse semelhante medida, mantiveram-me preso em uma masmorra úmida e sombria da Enfermaria Especial do Depósito, no meio dos piores dementes" ("L'Antichambre de la folie", *Le Matin*, 16/06/1906).

[3] A tendência majoritária consistia em internar o paciente em um hospício. Assim, em 1897, 543 dos sujeitos que haviam ido parar esse ano na Enfermaria foram postos

em liberdade, 589 foram declarados não alienados e 2.316, remetidos ao Hospício Sainte-Anne para serem internados.

[4] Lacan insiste, ao longo de seu Seminário sobre as psicoses, nos riscos que uma análise mal dirigida pode induzir em certos sujeitos psicóticos que ainda não haviam se mostrado como tais. É fácil deduzir dessa observação e da própria prática que o fato de intimidar e comover o psicótico já surtado pode causar mais estragos que benefícios.

[5] Veja-se, a respeito, o caso da erotômana Léontine e do capitão que a amava (cf. CLÉRAMBAULT, 1942c, p. 339 ss).

[6] Embora Lacan não tivesse ousado mencionar o nome de seu mestre Clérambault, as palavras dessa citação estão especialmente dirigidas a ele (LACAN, 1979, p. 193).

[7] "*Sob o pretexto de impedir um sequestro não justificado no hospício, começa-se por sequestrar o indivíduo suspeito numa enfermaria de polícia*" (COLIN et al., 1920, p. 15; a ênfase é dos autores).

Referências

BRETON, A. *Manifiestos del Surrealismo*. Madri: Guadarrama, 1974.

CLÉRAMBAULT, G. G. de. Les délires passionels. Érotomanie. Revendication. Jalousie [1921]. In *Œuvre Psychiatrique, v. I*. Paris: PUF, 1942a.

CLÉRAMBAULT, G. G. de. Érotomanie pure persistant depuis trente-sept années [1923]. In *Œuvre Psychiatrique, v. I*. Paris: PUF, 1942b.

CLÉRAMBAULT, G. G. de. Érotomanie pure. Érotomanie associée [1921]. In *Œuvre Psychiatrique, v. I*. Paris: PUF, 1942c.

COLIN et. al. *L'Infirmerie spéciale du Dépôt et le placement d'office dans les asiles de la Seine: Rapport présenté à la societé médicale des asiles de la Seine*. Paris: 1920.

DUPRÉ, E. *Œuvre psychiatrique et médico-legale de l'Infirmerie spéciale de la Préfecture de police*. Paris: Enfermaria Especial, 1905.

FUENTENEBRO, F. Dr. Gaëtan Gatian de Clérambault: clínica clásica y mirada heterodoxa. In *Un siglo de psiquiatría en España. Dr. Gaëtan Gatian de Clérambautl (1872-1934). Maestro de L'Infirmerie. Certificateur*. Madri: Extra, 1995, p. 296-281.

GARNIER, P. Congrès des médecins aliénistes et neurologistes de France et de pays de langue française, 1896. In: CRÉPAIN-LEBLOND. *L'internement des aliénés*, p. 78-80.

LACAN, J. *De la psicosis paranoica en sus relaciones com la personalidad*. México: Siglo XXI, 1979.

MICHAUX, L. G. G. de Clérambault et l'Infirmerie spéciale. *Confrontations psychiatriques*, 1973, n. 11, p. 45.

RUBENS, A. *Le maître des insensés. Gaëtan Gatian de Clérambautl (1872-1934)*. Louisant: Institut Synthélabo, 1998.

[Originalmente publicado em *Revista de la Asociación Española de Neuropsiquiatría*, 1998, n. 67, p. 477-482, sob o título "La escuela del *Dépôt* y la otra cara de la psicopatología". Agradecemos à revista e ao autor a autorização para transcrevê-lo na presente coletânea.]

[José María Álvarez é psicanalista espanhol, autor de livros como *Fundamentos de psicopatología psicoanalítica* (SÍNTESIS, 2004), *La invención de las enfermedades mentales* (GREDOS, 2008) e *Estudios sobre las psicosis* (GREDOS, 2008), entre outros.]

Paixão erótica dos tecidos na mulher [1908]

Gaëtan Gatian de Clérambault

I

Apresentamos, a seguir, o relato das observações de três mulheres que tinham uma atração mórbida, principalmente sexual, por certos tecidos (pela seda, sobretudo) e, no decurso dessa paixão, tinham impulsos cleptomaníacos. As três observações, em grande parte, se sobrepõem. Trata-se de detentas ou de acusadas, examinadas por ocasião de perturbações mentais simples, e nas quais o interrogatório demonstrou, de maneira imprevista, a existência dessa perversão.

Primeira observação

Histeria. – Tendência à depressão. – Frigidez alegada. Delírio do toque. Paixão da seda. – Impulsos cleptomaníacos com participação genésica. Esboços de perversões sexuais no decurso de sonhos (homossexualidade, masoquismo, bestialismo). – Algofilia simples.

No dia 30 de julho de 1906, uma mulher, [V. B...] 40 anos, detida na prisão de Fresnes, foi enviada à Enfermaria Especial do Dépôt[1] como suposta alienada, em razão de uma crise de agitação violenta, durante a qual quebrara objetos e ameaçara, com tesouras, várias pessoas. Interrogada, pareceu-nos, desde o início, tratar-se de uma histérica; mas, calma nesse momento, dizia ignorar completamente a causa de ter sido enviada à Enfermaria e, sobretudo, não se lembrar de nenhuma cena violenta. Tornava-se imediatamente necessário observá-la com algum vagar. Poderia ter simulado uma crise e estar, agora, simulando uma amnésia. Afirmava não estar louca, o que podia fazer parte do jogo de cena.

Era também possível que, tendo, inicialmente, simulado a situação, disso estivesse, agora, arrependida e tivesse deixado de simular, por medo do "contato com loucas". O motivo da simulação teria sido o de evitar uma penalidade da qual ela podia se acreditar ameaçada: a de ser enviada para uma prisão distante da capital. Nosso mestre, o Dr. Garnier, demonstrou perfeitamente o terror que essa medida causa em todos os reincidentes, e em que proporção sua efetivação aumentou, nos meios penitenciários, o número de tentativas de simulação. A detida nos parecia bastante inteligente; tratava-se de uma mulher de 40 anos, anêmica, triste e que falava pouco.

Com o prolongamento do interrogatório, abriu-se, subitamente, uma perspectiva cujo interesse relegava a segundo plano a questão da agitação, da amnésia e da própria simulação. Questionada sobre o roubo que a tinha levado a Fresnes, ela nos respondeu, não sem resistência, que tinha roubado um retalho de seda. Seu fichário mostrava que tinha sido condenada quatro vezes, mas assegurava que tinha roubado apenas retalhos de seda. A lembrança desse passado parecia ser-lhe penosa; parecia julgá-lo inútil, inoportuno, pedia para ser levada de volta a Fresnes, prometia acalmar-se, lamentava-se de suas infrações e chorava. Parecia, diante de nossas questões, não experimentar nenhum outro sentimento que não o da vergonha, e não saber que podíamos encontrar nos seus próprios furtos uma atenuante de sua culpabilidade.

Ficamos sabendo que furtava por uma espécie de impulso, no decurso de uma tentação muito forte; que a seda a seduzia particularmente; que ora utilizava os retalhos furtados, ora jogava-os fora ou, ainda, dava-os para alguém; que era sexualmente frígida, que tinha tido, além disso, um amante ou amantes e que se masturbava; que, após o roubo, manipulava a seda com prazer. Pareceu-nos que compreendia perfeitamente que, ao manipulá-la, ela a sujava, evidentemente, por aplicá-la contra suas partes genitais. Abstivemo-nos de perguntar-lhe qual gênero preciso de satisfação ela buscava durante os furtos e se sentia angústia ou conflito. Temíamos, na verdade, estarmos provendo-a de informações, caso ela soubesse – pela leitura prévia do interrogatório médico-legal ou pela internação interior – que os atos cleptomaníacos combinam-se perfeitamente, às vezes, com perversões sexuais; e temíamos, no caso contrário, sugestioná-la. Teria sido já um lapso irreparável se, por lhe fazer perguntas demasiadamente diretas, tivéssemos apenas nos privado do sabor particular das evocações espontâneas e do valor convincente muito especial de um relato contínuo.

Suas alegações pareciam sinceras, fazendo com que fosse se delineando um quadro coerente, ao qual se misturavam, todavia, anomalias que deixavam pairar uma dúvida. O início de sua paixão teria sido tardio; ora, se isso frequentemente ocorre no caso da cleptomania (Dr. Dubuisson), não é o caso dos diferentes fetichismos, aos quais, parece-nos, a paixão do toque deve ser assimilada.

Se jogar fora o objeto roubado é bastante natural em certos cleptomaníacos (Dubuisson), é menos habitual no caso de uma paixão do gênero fetichista. Nossa paciente dizia não se recordar do início de sua paixão pela seda, recusando-se a descrever seu primeiro furto. Ora, ela tinha feito esse primeiro furto aos 32 anos; as paixões fetichistas recuam, praticamente, ao período da infância, em geral. Enfim, parecia quase impossível que, numa mulher até então frígida, uma sensação sexual intensa, equivalente, de alguma maneira, ao primeiro amante das outras mulheres, tenha sido experimentada sem deixar lembrança.

No dia seguinte, as mesmas respostas, sem nenhum acréscimo interessante, foram dadas ao nosso chefe, o Dr. Legras, e a nós. A paciente respondia brevemente e a contragosto. No terceiro dia, soubemos que, além da seda, gostava do veludo, e que fazia já muito tempo que devia a esses tecidos seus gozos sexuais. Tendo deixado o internato aos 15 anos, casado aos 16 (talvez em consequência dos temores que sua conduta inspirava à família), as relações conjugais não tinham sido, de forma alguma, do seu agrado; acabara por desenvolver, ao longo dos anos, uma verdadeira repulsa pelo marido. Tendo-se entregado ao hábito da masturbação algum tempo antes do casamento, retomara esse tipo de prática pouco tempo depois.

A ideia da masturbação tinha-lhe ocorrido, assegurava, espontaneamente. Um dia, estando só no seu quarto, experimentou uma sensação inesperada ao esfregar, casualmente, os órgãos genitais contra uma cadeira.

"Não estava sentada na cadeira da maneira usual; mas escarranchada, e a cadeira era forrada de veludo. Como as sensações me tinham agradado, voltei a me esfregar; mas nunca tinha ouvido falar de nada igual. O uso do dedo só veio depois."

Parece que havia experimentado, com um amante de quem gostava muito, incipientes gozos sexuais, mas muito inferiores aos que lhe proporcionava a masturbação. Assim, de manhã, ao despertar, ficava, algumas vezes, na cama, depois que o amante tinha se levantado, para poder, assim que ele tivesse partido, se masturbar sem constrangimento. A masturbação ocorria sobretudo de manhã, quando se sentia descansada. Ficava sem se masturbar um ou dois dias, nunca mais do que isso.

Experimentou sonhos eróticos, com despertar repentino, e seguidos de relaxamento. "Acordei-me em meio ao gozo pleno, acreditando estar sendo possuída por um cão; outras vezes, era por dois homens. Frequentemente, eles me faziam coisas horrorosas, e eu acordava chorando, tal era o sofrimento, mas, de qualquer maneira, tinha gozo. Era pura imaginação; jamais, na realidade, tinha experimentado coisas assim."

Havia roubado exclusivamente retalhos de seda e, embora se sabendo histérica, jamais aceitou a ideia de uma avaliação mental, como lhe sugeria o advogado. "Tinha muito medo de ser internada, pois conheço os hospícios, uma de minhas tias morreu em Vaucluse: ela tinha dores como as minhas."

Essas dores estão ligadas à histeria. Após uma crise com queda, a doente sente os dedos "completamente rígidos, e como se estivessem sendo picados, por dentro, por agulhas". As crises ocorrem, frequentemente, próximo ao período das regras. Teria tido três delas em Fresnes. A última foi há três semanas, segundo ela; mas a crise em questão não era senão a penúltima, pois a paciente silencia a respeito da crise recente, que foi a causa de sua transferência. Ela não parece, com efeito, ter qualquer lembrança dela, e ao lhe perguntar o que ela teria feito, listamos, entre dados fictícios, seus próprios atos e palavras, mas eles não parecem suscitar-lhe qualquer lembrança.

Quanto aos atos de furto, declara que, antes de agir, não sente precisamente um conflito, mas um enervamento: "Gostaria de gritar". Nunca contou isso a um médico porque não teve vontade; quanto a um advogado, nunca! A rapidez dessa resposta, "nunca", teria sido suficiente para nos sugerir ou provar, se fosse preciso, que sentira algum pudor e que havia, portanto, no ato do furto, um componente sexual.

Ao longo do interrogatório do terceiro dia, responde, sempre, com hesitação, lentidão, tristeza; chora, às vezes. Na cela, fica perfeitamente calma; é-lhe permitido, de resto, passar uma parte do tempo no corredor da seção feminina, onde se entedia menos. Costura com muito entusiasmo, mas preocupa-se com seu retorno a Fresnes, tendo medo de que o tempo passado aqui não seja contado como tempo de prisão ou ao menos como tempo de confinamento em cela (os dias de confinamento em cela contam o dobro).

Sua situação penitenciária é a seguinte: condenada a 26 meses de prisão e, como reincidente (quatro condenações), passível de ser enviada para uma prisão longe da capital, pena da qual havia sido indultada. Os 26 meses de prisão deveriam terminar no final de 1907, mas, dadas as regras de contagem do regime carcerário (tempo contado em dobro), ela tem tempo a ser descontado; no final das contas, terá direito à libertação no início de 1907.

No quarto dia, nenhuma resposta digna de nota. Mas, imediatamente após a visita, a paciente foi tomada de uma crise convulsiva. Pouco depois, declara que está muito satisfeita com os médicos, mas que, durante o interrogatório, ficou com muito medo de que poderíamos decidir mantê-la aqui, quando prefere ficar em Fresnes.

No quinto dia, fala pausadamente sobre sua crise. Sente rigidez e picadas nos dedos. Suas crises, diz ela, são, em geral, provocadas por contrariedades; ocorrem também, às vezes, após a masturbação, quando o gozo foi muito intenso. Parece ignorar totalmente a última das crises ocorrida em Fresnes; quando a mencionamos, ela a nega, colocando em dúvida as informações do relatório, vendo aí inverdades: não foi levada à enfermaria de Fresnes; de Fresnes a única coisa da qual se recorda é seu quarto; é impossível que tenha ameaçado bater em alguém, "pois ninguém entra em nossos quartos".

Como lhe veio a ideia de se roçar no veludo? Não sabe. O acaso levou-a ao contato de suas partes genitais com a cadeira. Talvez, além disso, tenha se sentado também na posição escarranchada na cadeira, por ter notado que o contato do veludo com a carne já era agradável na posição habitual.

Do ponto de vista sexual, é evidente, por essas respostas, dadas a contragosto, mas sem falso pudor, que o gozo sexual é, nela, sobretudo clitoridiano e muito pouco vaginal; que a masturbação digital e o *cunnilingus* satisfazem-lhe mais que as relações sexuais normais; que, além disso, as relações que teve com um homem a quem queria muito nunca se equipararam, para ela, com a masturbação solitária; que ficou cinco anos sem relações sexuais; e que, além do amante já citado, teve amantes circunstanciais. "Quanto ao meu marido, suas caretas me davam nojo. Ele arquejava e gritava. Minha primeira impressão havia sido de surpresa. Mais tarde, ele ficava enraivecido quando eu me sentia cansada e o rejeitava. Um dia, jogou uma bacia na minha cama; depois, chegou até a me jogar para fora da cama."

Fala, novamente, dos sonhos em que dois homens a agarravam e abusavam dela; animais faziam papéis análogos. "Uma vez, era um enorme animal selvagem, como um leão, por exemplo. Eu gritava de dor e, ao mesmo tempo, gostava; a dor continuava mesmo depois do sonho." Confirma claramente o fato de ter sentido uma dor agradável. "Da mesma maneira, com os dois homens que me violentavam, eu sofria horrivelmente; mas nessa sensação horrível havia prazer." Esse seu masoquismo episódico está limitado aos sonhos. Na vida quotidiana, nunca buscou combinar dor e voluptuosidade. Podia-se ver um esboço, apenas, dessa busca do sofrimento, no fato de que, às vezes, divertia-se em se picar com alfinetes.

Mas esse jogo, desprovido de qualquer concomitância sexual, não resulta de uma tendência profunda, mas de uma fantasia de degenerada, que uma análise demonstraria ser de origem absolutamente superficial. De resto, essa forma de algofilia nos parece ser bastante frequente, notadamente nas histéricas. Mas este não é o lugar para insistir nisso.

Encontra-se um esboço de tendência homossexual não nos seus sonhos, mas nos seus devaneios em estado de vigília. Muito frequentemente, imagina uma garota nua, de aproximadamente 16 anos, e pensando nela, masturba-se. Imagina também cenas que se passam entre ela e essa garota. Ela a procura, encontra-a, leva-a até à sua casa, despe-a, banha-a e põe-na na cama; seguem-se beijos variados; o seu papel sempre contém uma dose de solicitude. Às vezes, imagina essa garota sendo violada por homens. Na realidade, nunca teve tendências sádicas nem, tampouco, homossexuais.

Seu primeiro furto ocorreu há oito anos (tinha, então, 32 anos): "Como costureira, tinha, entretanto, todo o necessário em minha casa, principalmente seda". Experimentou, no instante do furto, gozo sexual, apenas pelo furto em si; se a peça de seda lhe fosse, no momento da tentação, pura e simplesmente dada, não experimentaria qualquer prazer. Entretanto, acredita que a excitação do perigo não tem qualquer papel no seu gozo. Tendo realizado o roubo, passa a mão pela peça de seda, sem rasgá-la ou amassá-la; aplica-a contra suas partes sexuais, esfregando-as. "Coloco em baixo da saia; se esfrego contra mim? Não me lembro; mas acho que sim." Parece não ter experimentado prazer em amarrotar ou rasgar a seda, nem mesmo em fazê-la "gritar".

Quando tentamos saber dela se não teria adquirido, nas conversas em Saint-Lazare, a noção de várias das perversões cuja ideia ela evocara (bestialismo, masoquismo, lesbianismo), responde que sempre viveu afastada das outras detentas e isso sem dificuldade, porque sempre teve seu canto na Enfermaria de Saint-Lazare, e que essa Enfermaria, de resto, é severamente controlada.

Alega ter sido julgada à revelia, não tendo nunca sido interrogada por um juiz de instrução. Quando perguntamos se informou a algum advogado o caráter particular de seus furtos, ela responde vivamente: "Não se pode contar uma coisa como essa a um advogado que vai repetir as nossas palavras em plena audiência". E ainda: "Não sabia que, como o senhor diz, eu podia ser declarada inimputável".

Perguntamos-lhe como ela mesma julga o seu caso. "Não sou como as outras mulheres, só culpo a mim mesma. – Você conseguia não se masturbar? – Sim, mas me falta força moral. – Você não tinha vergonha disso? – Não sei dizer porque ninguém sabe disso. – Isso não a preocupa? – Gostaria de poder me livrar disso; arranjei um amante para me livrar de meus costumes. Além do mais, realmente gostava dele..."

Último detalhe: em perfeita relação com o que dissemos a respeito de suas características sexuais, apresenta – antecedidas por uma sensação de queimadura – crises clitoridianas, que ela, por diversas vezes, tentou combater com aplicações de água fria.

De uma das irmãs da paciente, obtivemos as seguintes informações; família neuroartrítica, degenerescência acentuada em todos os seus representantes. A avó paterna morreu alienada. A tia paterna – que tinha o mesmo costume de nossa enferma e também se masturbava – morreu alienada. Pai muito nervoso, morte asmática (?) em torno dos 60 anos. Mãe nervosa, excêntrica, fantasiosa, orgulhosa, perdulária, parecida com nossa paciente sob muitos aspectos. – Nossa paciente é a mais nova de quatro filhos. Uma de suas irmãs teve histeria traumática e neurastenia (choque emocional e queda, seguida de paraplegia temporária). A seguinte, que tem ataques frequentes, vai iniciar uma cura por isolamento; ela conhece, por iniciativa própria, a psicologia das crises. "Minha segunda irmã não as tem, ela vive muito ocupada com seus filhos." Um irmão, morto num acidente, era muito nervoso. – A segunda das três filhas, a que teve histeria traumática, tem um filho de 18 anos, degenerado, anormal, masturbador; tal como nossa paciente, ele gostava de enfiar alfinetes na pele; nas crises de raiva, batia nos outros e quebrava coisas; atualmente, está internado.

Antecedentes pessoais de nossa paciente: convulsões na primeira infância. Aos oito anos, erupção generalizada, do tipo eczematoso, atribuída a algum susto. Primeiras regras aos 13 anos. Vida de pensionato até os 16 anos. Boa nos estudos. Casada aos 16 anos e meio, talvez por vontade, talvez porque desejasse mais liberdade, talvez porque seus pais estivessem preocupados com seus costumes. Casamento infeliz; marido autoritário e, ao mesmo tempo, desprovido de energia, ocupando-se de negócios muito irregularmente, "como um artista". Separação amigável. A paciente ficou grávida 17 vezes, quatro das quais interrompidas por aborto natural. Sempre muito anêmica, conseguiu amamentar apenas uma vez. Oito de seus filhos estão mortos, restando apenas cinco. Por muito tempo, todos os cinco têm estado sob sua responsabilidade; o pai reconhece apenas os dois primeiros; ele passa muito pouco tempo com eles, tendo entregado os três últimos à Assistência Pública, por ocasião de uma das detenções da mulher. Dos dois mais velhos, o rapaz, de 22 anos, é eczematoso; a moça, também de 22 anos, tem crises histéricas.

A irmã que nos serve de informante ouviu, no passado, o marido de nossa paciente censurá-la por causa da masturbação. Ela sabe que os ataques da irmã são, habitualmente, seguidos de amnésia, como num dos últimos, o único que teve na via pública, e que foi causado por um susto (ferrovia metropolitana). Os ataques ocorreram, sobretudo, durante os períodos de gravidez, alguns deles durante o parto; por isso, a paciente foi colocada, nos últimos partos, sobre um colchão estendido no chão.

Foi sempre excêntrica, impulsiva, perdulária, gostando de cultivar a aparência; enfim, excessivamente supersticiosa. Comprava, sem parar, bilhetes de loteria, acreditava em seus pressentimentos e em seus sonhos. "Tal coisa certamente me acontecerá. Sinto que logo ficarei rica e, se não ficar, me matarei."

A informante observou que ela procurava causar sofrimento a si própria? "Sim, ela se picava com alfinetes; nosso sobrinho, que foi internado, fazia a mesma coisa."

Ela parecia ter prazer em fazer outros sofrerem? "Ao contrário, é muito caridosa, muito boa, adora dar presentes; por exemplo, dava tecidos de presente. Comprava-os em grande quantidade, o mais das vezes em pequenos retalhos; veja só, sem utilizá-los, ela logo os dava a qualquer um; ela daria tudo o que tinha."

Ela parecia ter, em matéria de tecidos, algum gosto particular? "Talvez preferisse os tecidos de cores claras e berrantes." Mas de qual material? "De seda; por ser cara, talvez; enfim, não sei. A ideia do furto surgia-lhe como uma vontade; depois, tinha remorsos."

Vê-se, pelo tom das respostas, que a informante não tinha a menor suspeita do masoquismo ou do sadismo da irmã, e que ignorava o caráter sensual da atração pelos tecidos tal como se manifestava em nossa paciente. Está claro que essa última não fez nenhuma confidência a respeito de suas sensações íntimas.

Observaremos o mesmo desconhecimento, relativamente às mesmas questões, na declaração do marido.

Esse último nos pareceu, desde os primeiros meses, ser um indivíduo desequilibrado, dissimulado, de uma segurança patológica. Não sabe escutar nem responder. Sua história é a de um sujeito instável e fanfarrão. Manifesta-se, uma vez mais, nesse casamento, a atração recíproca dos degenerados (Magnan, Blanche).

Ele nos confirma as informações da irmã no que respeita à hereditariedade de nossa paciente. Separou-se dela, após 16 ou 17 anos de casamento, numa data que não recorda mais; não consegue precisar o número de ocorrências de gravidez da mulher, pelas quais muito pouco se interessou e sobre as quais acha divertido voltar a pensar agora; as crianças morreram, todas, raquíticas, provavelmente de "meningite", diz, rindo-se.

Os três últimos filhos não devem ser dele; colocou-os aos cuidados da Assistência Pública, durante a passagem da mulher pela prisão; o menor deve ter oito anos. Os dois mais velhos, que são certamente dele, têm preferência por ele, assegura, e não pela mãe. Sua mulher sempre foi, para ele, "neurastênica e anêmica", isso, por causa das numerosas gestações e das hemorragias frequentes; conseguiu amamentar apenas uma vez. De humor instável, acariciava os filhos e, quase em seguida, enchia-lhes de pancadas. Nunca teve gosto por bebidas alcoólicas. A primeira crise histérica de que teve conhecimento teria ocorrido há dez anos; até então sua mulher havia-lhe escondido a existência de qualquer coisa desse tipo; depois, as crises se sucederam em grande número; ela tinha, com frequência, crises em que seu corpo ficava em forma de arco[2] ou em posições catalépticas; após a crise, os dedos continuavam esticados, quase invertidos, e a paciente, às vezes, dizia: "Não os toque, irás quebrá-los". A aversão pelas relações conjugais sobreveio-lhe ao cabo de alguns anos; ele pensou, então, que ela tinha amantes, talvez cinco ou seis; não tinha outra explicação para a frieza para com ele. Durante os últimos anos, notara os hábitos de masturbação aos quais ela se entregava, sobretudo pela manhã; ele a surpreendeu na cama, nessa atitude, às dez das manhã e ao meio-dia. Diante de suas reprovações, ela respondia francamente: "Não tenho nenhum prazer contigo, e não há motivo para ficares com ciúme". "Se certos contatos lhe eram agradáveis, ela nunca me disse. No que toca aos tecidos, ela amava o belo. Quanto aos furtos, sim, ela facilmente me surripiava dinheiro; mas furtar um relógio, por exemplo, não; ela poderia ter furtado, em vez disso, tecidos; isso devia tentá-la por ser costureira. Adorava os tecidos e a boa seda; sim, talvez, também, o grito da seda; vestia, com frequência, anáguas de seda. Deve-se acreditar que se tratava de uma necessidade: tinha uma fraqueza pela seda. Seu objetivo? Claro que era para ficar bonita, a fim de melhor agradar a seus amantes. Desconheço se foi condenada outras vezes."

Revelaremos, nesta observação, alguns traços especiais: a algofilia, os sonhos, as perturbações clitoridianas. Quanto ao gosto pelos tecidos, e aos impulsos de furto, não diremos nada até a apresentação das observações subsequentes.

A algofilia está, aqui, reduzida à sua mais simples expressão; a paciente não busca mais do que uma dor física, uma dor muito limitada; não pede que seja provocada por outrem; não é acompanhada de voluptuosidade sexual, nem de humilhação moral. Não tem, pois, nada de masoquismo. O sujeito inflige a si próprio uma picada; talvez essa picada seja diminuída pela anestesia histérica, talvez seja até mesmo modificada pela histeria; o sujeito busca, talvez, uma emoção pela contemplação daquilo que poderia ser uma dor; haveria nisso um prazer de imaginação complexa. Mas, seja qual for o pensamento provocado, a algofilia é, na origem, esquemática, bastante diferente, por consequência, das algofilias masoquistas, complexas desde o início.

A paciente experimenta, nos sonhos, tendências homossexuais e masoquistas, que não experimenta, ou ao menos não no mesmo grau, no estado de vigília. Esse fato já foi assinalado como sendo de homossexualidade limitada ao domínio dos sonhos, ou, o que dá na mesma, de heterossexualidade, que se manifesta, nos invertidos, apenas durante os sonhos (Moll). – Não sabemos se esse mesmo fato foi assinalado a propósito da tendência masoquista.

As crises de excitação sexual se produzem, em nossa paciente, com uma predominância nitidamente clitoridiana. Sob condições ordinárias, acusa-se essa mesma predominância. A pouca intensidade das sensações vaginais pode ser a causa, ou uma das causas, da aversão pelas relações sexuais normais. A voluptuosidade e até mesmo o orgasmo respondem a esfregamentos inteiramente exteriores, a introdução peniana não é mais desejada, e teria podido haver aí uma condição favorável a um desenvolvimento do safismo, que, provavelmente, na ausência de condições psíquicas suficientes, não ocorreu. Mas o que essa disposição periférica pode ter sido suficiente para determinar – na automasturbação, no *cunnilingus* e na masturbação com o auxílio do veludo ou da seda – é a busca do esfregar pelo esfregar. De maneira que a coexistência, em nosso sujeito, entre a paixão erótica pelo tecido e o clitoridismo acentuado, seria não uma coincidência, mas uma associação lógica. Voltaremos, mais adiante, a esse ponto.

Segunda observação

Histeria. – Tendência à depressão com ideia de suicídio. – Amoralidade, delinquência. – Delírio do toque (paixão erótica da seda). – Impulsos cleptomaníacos com participação genésica.

Tivemos que observar, em outubro de 1902, na Enfermaria Especial do Dépôt, uma paciente, F..., degenerada histérica, cuja biografia pode ser assim resumida:

A. H. [antecedentes hereditários] – Pai epiléptico. A mãe morre paralítica. Uma irmã é afetada de paralisia passageira, após um susto, e morre de tuberculose. Uma irmã sujeita a fugas e impulsos suicidas, provavelmente conscientes, morre afogada. Nossa paciente tem uma filha muito nervosa, hipomoral, já condenada por diversos delitos.

A. P. [antecedentes pessoais] – Aos 7 anos, perturbações cerebrais, após um susto, que duraram por quatro meses. Aos 11, febre tifoide com cefaleia intensa, seguida de dismnésia. Primeiras regras aos 15 anos. Aos 17, período de depressão com movimentos coreicos e crises histéricas frequentes; primeira internação (Bron). Aos 22, segunda internação (Bron). Aos 23, primeiro parto. Aos 29 (1885), primeira condenação. Aos 32 (1888), segundo parto; amamentação prolongada (ama de leite). Aos 37 anos (1893), pirexia grave, que parece ter sido uma segunda febre tifoide; as faculdades continuam notoriamente fragilizadas, a monomania do furto se revela. Em 1897, vem para Paris.

De 1885 a 1905, foi detida 22 vezes; 15 condenações, sete inculpabilidades. Das 15 condenações, sete foram pronunciadas entre 1897 e 1901; apenas uma ou duas são anteriores a 1893 (febre tifoide).

O grau de imputabilidade parece ter variado ao longo dos diferentes delitos. Da degenerescência banal com amoralidade resultaram furtos intencionais, seja no início, seja no final de sua longa carreira; vários foram efetuados sob nomes falsos e com a participação de cúmplices. Mas alguns outros, os mais numerosos, resultavam de impulsos especiais, de que vamos tratar. É o que aconteceu em um furto de 1901, em dois de 1902, em dois de 1903, etc.

Em 1901, após detenção, entra num delírio melancólico. "Degenerescência, depressão, atitude estranha, furtos de seda, paixão da seda. A ser observada mais longamente em Saint-Anne" (Dr. Legras). "Degenerescência, depressão, a seda a eletriza"(Dr. Magnan). "Melancolia com tendência suicida, uma tentativa, etc." (Dr. Boudrie). Internada em 1º de setembro, é liberada em 10 de dezembro.

Por ocasião dessa internação, o delegado de polícia do bairro escreve: "É uma mulher impressionável, colérica. Acredita-se que tenha se tornado louca em Saint-Lazare, em consequência do desgosto causado pela detenção. Tem um filho de 23 anos, que trabalha numa gráfica e leva uma vida regular. Segundo a amante desse último, a senhora F... nunca tivera delírios antes de dar entrada em Saint-Lazare, e talvez ela esteja fingindo. É perversa, colérica, sujeita a crises de nervos. Suas ideias não têm qualquer concatenação, não é possível ter qualquer conversa com ela. Segundo a zeladora, é uma mulher nervosa, perversa, sujeita a cenas de violência, dada, talvez, à bebida, não trabalha nunca, passeia sempre de fiacre; é, para mim, uma criatura misteriosa".

Em janeiro de 1902, furto nas gôndolas de uma grande loja de departamentos, em cumplicidade com a filha Étienette (dois corpetes de seda). Inculpabilidade. Internação em fevereiro, com certificado do Dr. Legras: "Degenerescência, histeria, cleptomania, etc.". Atestado do médico responsável por ela, Dr. Boudrie: "Depressão, tendência suicida, hemianestesia do lado direito, etc.". Novo relatório do delegado de polícia: "Vive apenas de furtos cometidos nas grandes lojas de departamento, em cumplicidade com a filha; consegue, a cada vez, passar-se por louca" (sic). Alta em setembro de 1902.

Quinta internação em outubro de 1902, com certificado do Dr. Garnier, após ser acusada de furto. Inculpabilidade. Alguns dias antes da detenção, teria feito uma tentativa de suicídio (locomotiva). Fuga em dezembro de 1902.

Sexta internação em 30 de janeiro de 1903 (Dr. Garnier). Alta em setembro de 1903.

Sétima internação em 1903, por avaliação do Dr. Dubuisson, de cujo relato destacamos estas linhas: "Lacunas da memória, linguagem infantil, consciência incompleta de sua situação. Faculdades muito fragilizadas desde uma febre tifoide que teve aos 37 anos. Há seis anos, ao menos, não se lhe pode confiar qualquer trabalho. Na casa de seus filhos, a moeda a fascina, é preciso mantê-la sob vigilância (?). Da prisão, ela escreve aos filhos, pedindo-lhes que visitem certas pessoas, que ninguém conhece, para exigirem o dinheiro que lhe deveriam".

Oitava internação, em dezembro de 1903 (Dr. Legras). Furto, inculpabilidade, fuga em julho de 1904.

Nona internação, após avaliação (Dr. Roubinovitch). Mesmas conclusões que antes.

Nova detenção em dezembro de 1905, acusação de golpes e ferimentos num agente policial quando da detenção da filha, por furto. Ela própria teria ficado de vigia durante o furto, juntamente com o amante da filha. Nesse caso, ela pode ter agido como degenerada, mas não era uma doente (Dr. Legras).

Tivemos a oportunidade de observá-la em 1902, por ocasião de suas passagens pela Enfermaria Especial do Dépôt. Muito mais hipomoral que a paciente V. B..., ela nos expôs seu caso, inicialmente sem dificuldade, mas, depois, prolixamente. A atração pela seda e pelo furto foi pintada em termos patognomônicos.

"Recordo-me muito bem que, com a idade de seis anos, não podia suportar, sem desconforto, o toque do veludo e da lã; temia, sobretudo, o veludo. Em compensação, gostava muito da seda, preferia fazer com ela os vestidos de minhas bonecas, uma irmã costureira me dava todos os seus retalhos de seda.

"Dos 15 aos 22 anos, o trabalho da seda me cansava, me deixava nervosa, quase doente; deixei de ter esse enervamento aos 22 anos, quando tive relações sexuais. Mas ainda hoje me seria impossível vestir-me com seda. O veludo também me é agradável; mas bem inferior à seda. O cetim não me atrai, a *marceline*[3] tampouco; prefiro, sobretudo, a *faille*,[4] ela é mais sedosa, e grita. Tocar a seda é bem melhor do que olhá-la; mas roçá-la é melhor ainda, a gente fica excitada, se sente molhada; nenhum gozo sexual se iguala, para mim, a esse.

"Mas o prazer é grande, sobretudo, quando é furtada. Furtar a seda é gostoso; comprá-la jamais me daria o mesmo prazer. Contra a tentação, minha vontade nada pode; quando furto, há uma força que me domina; e, por outro lado, não penso em mais nada, sinto-me vertiginosamente impelida. A seda me atrai, a das fitas, das saias, dos corpetes. Quando sinto o roçar da seda, tudo começa por um formigamento sob as unhas e, então, é inútil resistir; tenho que levá-la comigo. Quando resisto a esse impulso (*sic*), choro, fico nervosa, saio da loja e depois volto; e se não posso levar o tecido comigo, tenho uma crise.

"Sinto a garganta e o estômago incharem, depois perco a consciência. Mas quando posso levar o tecido, eu o roço, isso me produz um aperto diferente no estômago, depois, experimento uma espécie de gozo, que me tira completamente a respiração; fico como bêbada, não posso mais me sustentar, tremo, não de medo, mas, em vez disso, poderíamos dizer, de agitação, não sei. Não penso na má ação que acabo de praticar. Assim que estou de posse da peça roubada, sento-me longe dali, para tocá-la e manipulá-la, é aí que me flagram. Passado o gozo, fico muito abatida, por vezes a respiração se precipita, sinto os membros moídos.

"Depois, é possível que jogue as peças furtadas atrás de portões, ou então, algumas vezes, meus filhos as trazem de volta (?), mas elas não me interessam mais. Quando a coisa passou, passou mesmo.

"Tive, com frequência, períodos de abatimento e pensamentos suicidas; uma vez, durante uma de minhas internações; outra vez, há dez dias; joguei-me à frente das rodas de uma locomotiva, na estação de uma linha ferroviária circular; mas me seguraram (?).

"Furtar seda é meu prazer. Meus filhos tentaram, inutilmente, me curar, comprando-me seda em quantidade. Receber de graça o retalho de seda no momento em que eu o tivesse furtando não me proporcionaria nenhuma alegria; pelo contrário, me impediria de tê-la."

Essas últimas frases colocam em foco um elemento especial: o gosto do furto pelo furto.

No complexo de sensações e de desejos, de que resulta a propensão cleptomaníaca, esse é um fator importante e merece ser destacado.

Recordaremos que vários dos delitos cometidos por nossa paciente não carregavam a marca do caráter cleptomaníaco. De moralidade frágil, cometeu alguns furtos de ordem banal, dos quais um, ao menos, com premeditação. Em 1902, em especial, foi surpreendida furtando, em cumplicidade com a filha (com 17 anos, na época), que a ajudava, tentando desviar a atenção dos movimentos da mãe. Em 1905, a filha foi surpreendida, por sua vez, furtando numa grande loja de departamentos e, no momento da prisão, a mãe e seu amante encontravam-se a pouca distância do local. Eles intervieram, inclusive violentamente, para tentar soltá-la das mãos do policial. A existência de uma combinação entre esses três personagens, tendo-se em conta a prática metódica do furto, parece que não pode ser negada. Mas a responsabilidade da mulher F..., no caso do delito de ordem banal, era, evidentemente, bastante diferente da que ela tinha no caso do ato cleptomaníaco. Voltaremos a esse ponto mais adiante.

Terceira observação

Histeria. – Delírio do toque. – Impulsos cleptomaníacos com participação genésica. – Toxicomania com fórmula dipsomaníaca. – Obsessão do gênero erotomaníaco com heterossexualidade psíquica. – Frigidez alegada. – Amoralidade; delinquência banal. – Propensão ao suicídio.

A mulher chamada B..., viúva do senhor D..., 45 anos, foi conduzida à Enfermaria Especial, em dezembro de 1902, após um furto de seda; histérica, dona de uma ficha criminal bastante extensa e, tal como a paciente precedente, hipomoral, e, tal como ela, fala facilmente de suas taras.

"Tenho", diz, "um marido excelente sob todos os aspectos; no entanto, sempre tive aversão pelo ato sexual. Por outro lado, tive, com frequência, o espírito assombrado por imagens, sobretudo femininas, que me causavam o arrebatamento de um amor quase ideal. Assim, tive, durante muito tempo, uma verdadeira adoração por uma religiosa do Hospício Sainte-Anne, por isso a laicização[5] me deixou desolada; fiz uma viagem para revê-la;

faria qualquer coisa que ela mandasse; acho que teria roubado e matado por ela. Devotei, depois, um culto semelhante a uma outra mulher ideal. Depois, foi um homem a quem amei, um suboficial de artilharia, lindo, lhe teria dado tudo.

"Meu primeiro delito foi uma espécie de tentativa de fraude; por 300 francos, tinha encomendado brinquedos, numa loja onde era conhecida. Tinha a intenção de dar esses brinquedos. Teria acabado por pagá-los. Minha madrinha, que é muito rica e tem título de nobreza, interveio em meu favor. Tinha, então, uma saúde precária e sofria de ataques histéricos. Minha madrinha é tão desequilibrada quanto eu, talvez mais; mas, se a tivesse imitado e me devotado à caridade (?), estaria agora muito mais tranquila. Depois, em 1881, aos 24 anos, meu primeiro furto; em 1888, condenação por tentativa de falsificação; no ano seguinte, outra condenação; depois, não sei mais.

"Os furtos de seda só surgiram depois que comecei a tomar éter; aos 38 anos, parei de ter regras; a partir desse momento, sofri muito e me entreguei ao éter; também experimentei, algumas vezes, a cocaína e a morfina, que eu engolia; não continuei por muito tempo. Tomava o éter por períodos, por exemplo, durante oito dias, à dose de 100 a 125 gramas por dia; muitas vezes, um copo grande durante o dia. O éter me tornava febril e violenta; por exemplo, nas lojas, eu teria batido nos empregados que me observavam. Junto com o éter, tomava rum, sobretudo para disfarçar o hálito do éter; e para disfarçar o hálito do rum, tomava vinho branco, pois o vinho branco não deixa hálito como o vinho tinto. Tentei, com o mesmo objetivo, água de Botot e água de Colônia,[6] enfim, de tudo; mas a água de Colônia é fraca e eu queria coisas fortes; nessa época, gostava delas por si mesmas; e, no entanto, normalmente, não gosto de álcool; assim, agora eu não o desejaria. É em novembro que, em geral, essa paixão toma conta de mim; sinto-me, então, inteiramente deprimida. Pouco tempo depois, torno-me totalmente diferente, excitada e insuportável, mexo com as pessoas, xingo; fui, muitas vezes, colocada para fora de restaurantes, de lojas ou de bondes".

(Esboço de psicose de forma dupla. Ver: R‍ITTI, *La Folie à double forme*, p. 292 *et seq.*)

"Desde os 39 anos, meus furtos têm sido sempre os mesmos: furtos de seda. A seda me proporciona um espasmo surpreendente e voluptuoso. Não consigo rasgá-la, isso me causa uma grande... oh! (faz gesto de arrepio).

"Os tafetás menos ainda, é a seda mais fina; a cor me é indiferente. O veludo é também muito gostoso de tocar. A *marceline*? É meio algodão; na *florence*, não há algodão. Adoro tudo que é macio. As sedas grossas que fazem frufru, também adoro. Mas não poderia vesti-las, me deixam muito nervosa. Ir para a cama vestida de seda é algo que eu gostaria muito, mas não consigo, não faz meu gênero, é para as mulheres que gostam de se exibir na cama. Eu não conseguiria dormir, ficaria em chamas; um pedacinho qualquer já me deixa nervosa, é preciso que me levante e me refresque com alguma solução aquosa, para me acalmar. A percalina, a fazenda já usada, o cretone, esses não gritam, um gritinho de nada, eu poderia rasgar 600 metros de qualquer um deles. A fazenda nova é impossível de ser rasgada, basta apenas um metro para os dedos ficarem esfolados. No momento de furtar um pedaço de seda, experimento uma angústia, resisto, depois sinto um gozo. É isso. É sempre a mesma coisa.

"O senhor me pergunta qual a conclusão? Eu mesma preciso sabê-la. A meu ver, eu sou responsável, não quero ir mais para Saint-Anne. Gostaria de tomar um veneno tranquilo que me levasse para o outro mundo. As outras mulheres são punidas, isso lhes serve de lição; quanto a mim, não me culpam. Seria melhor que o Dr. Legras me deixasse ser condenada, já lhe pedi isso, me daria uma boa lição, pedi por escrito ao Juiz de Instrução."

Pode-se observar, nesse relato, o início tardio da paixão erótica da seda. É o único elemento do quadro que se distancia do caso ordinário. Talvez não seja assim tão certo. Comentaremos isso.

II

Nossas três pacientes revelaram, em suma, uma hiperestesia ao contato da seda, com repercussão sexual. O gosto pelo contato em si mesmo e o conhecimento de sua repercussão voluptuosa datam, em duas delas, da infância ou da juventude. A busca do prazer sexual pelo contato especial precedeu as relações normais, relativamente às quais permaneceram frígidas; essa busca coincidiu com as primeiras excitações sexuais, mesmo que não tenham sido a sua causa. Entregaram-se à masturbação quase sem a concomitância de representações hétero ou homossexuais, ao menos nos episódios de masturbação com o tecido. O orgasmo assim obtido deixou-lhes lembranças intensas, reproduz-se com facilidade e constitui o seu modo preferido de gozo. Não parecem ter tentado associá-lo ao coito normal. O apalpamento do tecido é, nesse caso, necessário: sua representação mental, seu próprio som não podem substituí-lo; a ideia de posse do tecido é, em geral, negligenciável; as sensações epidérmicas são necessárias e decisivas. Os diversos tipos de seda agem de forma desigual, o couro não é mencionado, o veludo é apreciado, mas considerado inferior à seda. Nossas três pacientes pertencem ao sexo feminino.

A síndrome é constituída por dois elementos. Um é a hiperestesia periférica, ao menos parcial. O outro, a sinestesia genital. A hiperestesia eletiva manifestou-se, inicialmente, numa de nossas pacientes (obs. II) pela aversão ao veludo, mas, ao que nos parece, trata-se de uma aversão sem angústia e bastante distinta das verdadeiras fobias.

Mais tarde, a aversão deu lugar à atração. A hiperestesia tátil eletiva não é, nesse caso, um fato patológico a não ser por sua intensidade, pois é normalmente encontrada, em pequeno grau, em quase todos os indivíduos refinados; pode-se até dizer que faz parte do senso artístico. Igualmente, a sinestesia genital mórbida não é, nesse caso, senão a amplificação de um fato suscetível de ser produzido num sujeito são, mas a morbidez deve-se ao fato de que a impressão agradável, em vez de ser apenas um coadjuvante, entre muitos outros, de uma excitação já existente, provoca, sozinha, essa excitação. A intensidade da excitação assim obtida e a busca sistemática desse procedimento são dois outros dos traços patológicos.

Nossas três pacientes pretendem ser hiperestésicas nas relações sexuais normais. É possível que elas próprias exagerem sua frigidez, mas parece certo, ao menos, que elas reagem menos ao coito que à excitação pelo tecido e que, além disso, sua sensibilidade sexual está sujeita a variações espontâneas, de amplitude patológica.

O leitor não deixou, provavelmente, de estabelecer em pensamento um paralelo entre certos traços dessa perversão e os da perversão fetichista. O fetichismo também começa na tenra idade e se concentra, desde o início, num determinado objeto, geralmente único.

Mas a frigidez é, na ausência do fetiche, mais absoluta nos nossos casos; a representação do fetiche equivale, com o auxílio do onanismo, ao próprio fetiche. O fetiche está associado a coitos normais; mesmo quando considerado isoladamente, representa, ainda, uma personalidade sexuada.

Talvez por essa razão, a sua manipulação reveste-se de um caráter mais possessivo, mantendo, geralmente, algum valor após o uso, tornando-se, frequentemente, o objeto de uma manifestação sádica. Enfim, o fetichismo não foi observado, até agora, senão nos homens, e talvez, efetivamente, em virtude de várias características, proceda particularmente da psicologia masculina.

Está muito claro, nos nossos três casos, que o tecido não intervém como substituto do corpo masculino, que não possui nenhuma qualidade daquele e que não está incumbido de evocá-lo.

A anestesia sexual não é absoluta; a perversão é muito menos dominante; seu começo é, talvez, menos nítido; todos os seus traços estão menos definidos.

A perversão do fetichista que vê ou que imagina seu fetiche, ou que com ele se acaricia, permanece uma homenagem ao sexo oposto; o próprio roçar desse fetiche contra o órgão masculino representa menos uma masturbação do que um coito, colocando em jogo todos os fatores psíquicos e morais do amor masculino, enquanto o roçar do clitóris pela seda está, no nosso caso, longe de colocar em jogo todos os elementos da sensibilidade feminina.

Um traço notável dos fetichistas, dos sádicos, dos invertidos e dos masoquistas é a extrema abundância dos devaneios relativos ao objeto de sua paixão. Mesmo sem a concomitância do onanismo, eles se entregam a verdadeiras orgias de imaginação, cujo ato favorito reside no objeto; eles o celebram nos escritos e nos desenhos; durante a masturbação com o fetiche, imaginam esplêndidas cenas; durante o coito masoquista ou sádico, transformam a realidade no seu pensamento, para enriquecê-la e enobrecê-la.

Em nossas três pacientes, não encontramos nada parecido; elas se masturbam com a seda, sem outro devaneio que não o de um *gourmet* solitário saboreando um vinho fino; na falta de um pedaço qualquer de seda, não imaginam, para estimular a masturbação, tecidos de seda suntuosos, e o contato da seda não se completa, nelas, com a visão de personagens vestidos de seda, nem de variadas e abundantes sedas, sobre as quais se jogariam com prazer. Essa ausência de suprimento imaginativo é, nesse caso, tanto mais notável quanto nossas três pacientes não são desprovidas de imaginação, e uma delas, inclusive, entrega-se frequentemente a devaneios marcados por perversões variadas e, provavelmente, às vezes, estimuladores de uma masturbação digital. Se a masturbação com o tecido é, às vezes, acompanhada de imaginações de diversos tipos, parece-nos comprovado, ao menos, que a imaginação não é, nesse caso, absolutamente necessária, que ela não exerce nenhum papel na gênese da perversão, que, numa palavra, se é possível associar a imaginação à perversão, a primeira não pertence, ao menos, à essência da segunda. O tecido, com efeito, parece agir por suas qualidades intrínsecas (consistência, brilho, odor, ruído), as quais são elas mesmas, na maior parte, secundárias, em comparação com as suas qualidades táteis. Essas qualidades táteis são, certamente, variadas, sutis, complexas, inumeráveis, para uma epiderme refinada; elas são certamente duplicadas por qualidades estéticas de uma ordem superior; seu conjunto, entretanto, parece bastante diminuto, bastante esquemático, ao lado do complexo de evocações sensoriais, estéticas, morais, das quais o fetiche propriamente dito é, para o homem, a causa.

É, provavelmente, em razão dessa predominância do tátil que não se exige do tecido certas qualidades que, em geral, são exigidas do fetiche, tais como ter sido usado por outra pessoa, de se apresentar em forma de roupa ou de ter um odor fisiológico; essas marcas do uso, ao contrário, diminuir-lhe-iam o valor, pois, entre as qualidades intrínsecas do tecido, sua frescura uniforme, devida à novidade, parece ser especialmente apreciada (ao menos, no caso da seda), e marcas de que tivesse sido roçado o depreciariam. Não acreditamos que essa novidade constitua um símbolo de virgindade; tampouco acreditamos que um prazer de violência análogo ao sadofetichismo esteja presente no prazer obtido pelo ato de roçar, que não é mais do que um meio de melhor se impregnar de todas as qualidades intrínsecas ao tecido; se ele se exerce com frenesi, é por causa de uma emoção estênica[7] de ordem banal, e não por uma necessidade sádica. Ressaltamos, por outro lado, que o contato do tecido com uma superfície cutânea qualquer, roçando-o apenas, sem amarrotá-lo, é suficiente para produzir um orgasmo.

Esse fato não parece, habitualmente, se produzir no caso de posse do fetiche; se ele se produz, é por um mecanismo bastante diferente (avivamento da imagem mental por um contato), enquanto, na paixão pelo tecido, ele constitui o fato essencial e primitivo; a masturbação indireta assim obtida pode facilmente suprir a outra: ela parece, na verdade, tê-la precedido.

Nesse diletantismo do contato com repercussão especial, a repercussão genital é automática, um pouco como o fenômeno do riso provocado pela cócega (reflexo, muito provavelmente, protuberante). A representação do sexo oposto exerce, aqui, um papel tão pequeno quanto na masturbação do idiota, o qual ignora a distinção dos sexos, e se a cadeia reflexa não tem, como no caso do idiota, um centro estritamente infracerebral, ao menos não assume um nível muito alto na escala dos fatos cerebrais, quase não ultrapassando o nível psíquico das lembranças sensoriais e dos centros poligonais.

Existem, como vemos, grandes diferenças entre a textura do fetichismo e a da perversão de nossas pacientes. Aplicar a essa última o termo de fetichismo seria atribuir-lhe, implicitamente, características clínicas que ela não possui, tais como a potência exclusiva, certas complicações mentais, certa conduta relativamente ao objeto; significaria supor que essa perversão teve origem no mesmo mecanismo que o fetichismo verdadeiro, enquanto que uma análise detalhada mostraria que as duas patogêneses não se superpõem senão parcialmente.

O termo "pseudofetichismo", ou ainda "fetichismo menor", evocaria igualmente a ideia de uma analogia demasiadamente completa. Pode-se perguntar se essa perversão não pertence ao quadro muito mais vasto dos fetichismos assexualizados. Ela nos parece estar fora desse quadro, porque se apoia numa associação preestabelecida (sinestesia), porque a ideação não exerce aí nenhum papel, e ainda por outras razões.

De qualquer forma, parece-nos que ela deve figurar um tanto à parte e ser agraciada com um nome. Para designar essa busca especial de um contato dotado de uma virtude afrodisíaca, duas palavras nos parecem necessárias[8]: o termo "hifefilia" designaria a busca do tecido; a expressão "hifefilia erótica" explicaria o processo sinestésico (ὑφή, *hyphé*, tecido). Por outro lado, o termo "hifefilia" ou ainda esse outro, mais geral, "aptofilia" (ἅπτω, *hápto*, [eu] toco) nos parecem ser capazes de preencher uma lacuna do vocabulário usual, uma vez que o termo "delírio do toque", que, *a priori*, lhe teria servido, possui hoje o sentido exclusivo de delírio fóbico do toque.

Se quisermos analisar com mais detalhe o processo sinestésico, nele buscaremos, como primeiro termo, sobretudo, uma hiperestesia cutânea, se não permanente, ao menos contemporânea do primeiro contato observado, e incidindo sobre os modos especiais da percepção que o contato com um tecido coloca em jogo. Não pudemos constatar essa hiperestesia em nossas pacientes; sua pesquisa teria exigido uma experimentação muito específica, e os resultados teriam se tornado, de antemão, praticamente inúteis, por ser conhecida a excessiva variabilidade das sensibilidades na histeria, em particular sob a influência de apetências momentâneas, de perturbações sexuais, etc.

A lembrança de um primeiro contato, genitalmente voluptuoso, certamente é, para uma histérica, um elemento de autossugestão capaz de avivar a sensibilidade periférica por ocasião de tentativas postcriores. Observemos que, dada a evidência de uma adaptação recíproca entre a epiderme e o tecido macio, ocorre aí algo inteiramente diferente da associação esquemática por contiguidade, outrora invocada como explicação suficiente do fetichismo.

A hipoestesia sexual de que nossas pacientes se supõem afligidas nos parece menos grave do que elas afirmam. Ela contrasta com a precocidade do despertar sexual, e com os poucos momentos de excitação real que elas confessam ter experimentado, inclusive no coito.

Mas uma coisa, ao menos, é certa, a saber, a irregularidade nelas do desencadeamento do orgasmo; essa irregularidade provém de um estado constante de debilidade irritável (Féré) ou de uma debilidade, alternada com irritabilidade? Trata-se de uma questão de ordem geral, comum a todos os grupos de perversões sexuais (sadismo, masoquismo, fetichismo).

É suficiente constatar, aqui, uma vez mais, a presença do desiquilíbrio sexual na origem de uma perversão propriamente dita, e a coexistência desse desequilíbrio sexual com a tendência para as associações ilógicas e tirânicas, que é, em si mesma, fonte de tantas das síndromes (obsessões, fobias, impulsos, sinestesia, etc.).

Clinicamente, convém notar que a hipoestesia sexual é, aqui, certamente, menos rigorosa, menos constante que nos fetichistas clássicos: nossas pacientes têm, com efeito, períodos de uma sexualidade praticamente normal.

A sinestesia, que consiste, aqui, na repercussão genital de impressões cutâneas, em última análise, banais, se exerce pela intermediação do sistema simpático, à maneira do efeito excitante de certos odores. Se normalmente os contatos delicados e desprovidos de sentido, os odores suaves, não são erógenos por si sós, ao menos servem de coadjuvante para as excitações eróticas, notadamente, àquelas que têm a ideação como ponto de partida; mas esses dois fatores reunidos não deveriam, num sujeito normal, avivar as sensações voluptuosas até chegar ao orgasmo. O refinamento do contato e sua repercussão geral sobre o simpático, sem localização genital, é um fato banal, produzindo-se, em diferentes níveis, inclusive no homem, sendo frequente nas mulheres e particularmente desenvolvido nas mulheres histéricas, uma vez que, ao se estudá-las, volta-se a encontrar, a cada instante, os fenômenos sinestésicos (asfixias, lágrimas, vômitos, êxtases, etc.). Quanto à participação genital, além do fato de que, num nível baixo, ela se produz, inconsciente ou inconscientemente, em todas as emoções profundas da mulher (perfumes, música, literatura, religião, etc.), destaquemos que normalmente existem zonas especialmente erógenas, em virtude de conexões inexplicáveis, em vários pontos da superfície cutânea (a nuca, por exemplo), e que, nos sujeitos degenerados, outras zonas se revelam em regiões variáveis. Nos normais, tal como nos degenerados, a estimulação da zona erógena atua de maneira estritamente reflexa; mas, nos degenerados, o que ela apresenta de notável é de ser uma condição suficiente para a provocação do orgasmo, enquanto que nos sujeitos normais, ela é, no início, insuficiente e até mesmo incapaz de se produzir sem um erotismo prévio. O contato erógeno com a seda, nas nossas pacientes, é comparável, em certa medida, à excitação dessas zonas erógenas; num e noutro caso, trata-se de uma qualidade bastante periférica do contato cujas condições nos escapam.

Os caracteres patológicos da sinestesia, considerada como reflexo, residem em sua intensidade, espontaneidade, independência;

considerada como hábito, também é patológica, pela ligação definitiva entre seus dois termos e pelas várias prevalências que ela adquire na vida sexual.

As relações do exclusivismo com o desequilíbrio sexual, da qual falamos anteriormente, constituem uma questão teórica impossível de tratar aqui. Clinicamente, devemos observar que o exclusivismo não é, aqui, total, e que, se o contato com a seda é, para nossas pacientes, o melhor modo de colocar em ação a sensibilidade genital, não é o único.

Tal como no fetichismo masculino, temos aqui uma ligação entre a vida sexual e um objeto; mas aqui:

1. a ligação é organicamente motivada; 2. é sensório-sensorial; 3. a participação intelectual é nula. A ligação é de ordem menos elevada, mas é menos artificial. Em outros termos, a associação realizada apresenta uma fundamentação relativa; ocupa um nível pouco elevado no eixo nervoso; não comporta, por si só, uma tendência à ideação concomitante; enfim, não permite a existência de excitações sexuais do tipo normal, mas de uma intensidade geralmente medíocre.

Todas essas características reunidas permitem, talvez, compreender a cristalização menos nítida do tipo clínico, isto é, de um lado, a ausência de identidade completa entre as pacientes e, de outro, a variabilidade relativa da perversão numa mesma paciente. Em diferentes períodos de sua vida, a paciente pode se livrar de sua perversão. Os períodos de depressão parecem despertar a perversão; trata-se de uma noção geral na história das síndromes degenerativas.

Convém observar, entretanto, que, entre os fenômenos de desagregação causados pelas debilidades de todo tipo, as sinestesias figuram sempre na primeira posição; as suscetibilidades sensitivas dos convalescentes e do estado de jejum são uma prova disso. A desarmonia não se dá igualmente em todos os graus da escala mental; constituem-se automatismos que são gradualmente inferiores. A sinestesia aqui estudada deve, pois, ser favorecida, por ser de natureza inferior. Esse dado explica, por exemplo, a constituição tardia da síndrome na nossa terceira observação; talvez existisse, antes da desagregação mental produzida pelo álcool e pelo éter, a sensibilidade tátil, mas não a sinestesia genital.

Como dissemos, uma sistematização dessa natureza pode se constituir em razão de seu caráter inferior; se a perversão fetichista masculina, que também é uma sistematização, nunca se encontra, sob circunstâncias idênticas, criada a partir do zero, é talvez em razão de seu caráter elevado.

Temos insistido pouco na presença da histeria em nossas pacientes, porque uma característica desse tipo não parece absolutamente necessária para a constituição da síndrome. Se, em virtude de traços psicológicos (notadamente, a autossugestão), a histeria facilita a sua eclosão, talvez estivesse suscetível, em contrapartida, a imprimir-lhe, como ocorre com as obsessões e os impulsos, um caráter de superficialidade e de inconstância. Mas o grau de variabilidade que notamos nos nossos casos parece inerente à própria síndrome.

É mais interessante investigar se existe uma correlação entre esse tipo de síndrome e a fisiologia feminina. Na mulher, a ressonância dos contatos sobre a sensibilidade geral e sobre a sensibilidade genital é, como dissemos, mais frequente e mais ampla que nos homens.

Por outro lado, a excitação clitoridiana, por mais amplas que sejam as suas repercussões sobre a totalidade do organismo da mulher, parece ter, em si mesma, um caráter mais particularmente tátil, com ausência de qualquer necessidade aguda do orgasmo, ao menos no início; que esse tipo de eretismo de ordem tátil seja muito facilmente despertado por excitações cutâneas táteis em razão de sua analogia é algo que nos parece verossímil.

Daí um aspecto de diletantismo no eretismo provocado pela seda, quer roce apenas a pele, quer seja aplicada ao clitóris. Em contraposição, a excitação vaginal possui um caráter agudo e é acompanhada de uma apetência imperiosa (embora menos penosa, parece, que o desejo similar no homem). É o eretismo vaginal que parece fornecer o elemento doloroso e impulsivo na ninfomania. Parece, por outro lado, que no caso da frigidez feminina, a sensibilidade clitoridiana é a que menos sofre diminuição, e encontramos, com efeito, em nossas pacientes, uma preponderância clitoridiana acusada (preferência pelo *cunnilingus*, crises clitoridianas espontâneas) e, ao mesmo tempo, indiferença, ao menos relativa, à penetração peniana. Essas condições são favoráveis à busca da excitação pelos contatos clitoridianos ou cutâneos.

A seda é empregada, nesse caso, para se roçar; não há nenhuma ação de amassar que pareça exprimir um prazer de preensão e de possessão; esses sentimentos são mais especialmente masculinos e, sobretudo, se exerceriam sobre um objeto provido de individualidade, e, nesse caso, o tecido não a tem. Se, ao contrário, o fetiche do homem é manipulado, manchado, algumas vezes violentado e, posteriormente, guardado, é, por um lado, para melhor satisfazer certos sentimentos de essência masculina; por outro lado, porque o fetiche é, por si só, toda uma pessoa.

Quando nossas pacientes rasgam a seda, não é por uma violência sádica, mas com o objetivo de melhor senti-la, de melhor compreendê-la. No seu contato com a seda, elas são passivas; sua personalidade é fechada relativamente ao mundo exterior; desprovida de visão, desprovida de desejo; o sexo oposto não existe mais; seu gozo é certamente genital, mas se basta a tal ponto a si mesmo que se poderia dizê-lo assexuado.

Em resumo, cremos ver no gosto erótico pela seda uma perversão bastante adaptada ao temperamento feminino e, em consequência, muito mais frequente nas mulheres que nos homens.

As induções desse tipo são sempre arriscadas em domínios em que não impera a lógica; entretanto, algumas delas têm se mostrado corretas, por exemplo, as que permitem prever a maior frequência do sadismo no homem ou do masoquismo na mulher.

III

Além da perversão muito especial que acabamos de descrever, nossas pacientes apresentaram várias síndromes mais ou menos nítidas.

A paciente B... experimentara, na infância, uma espécie de delírio do toque. Dizemos "uma espécie de delírio do toque", apenas porque ela não apresentava, em sua totalidade, a síndrome desse nome. A perversão tátil é nítida, o caráter fóbico é pouco acusado (nem obsessão, nem angústia); a perturbação é mais periférica que psíquica. Trata-se da mesma perturbação tátil, mas modificada em sentido inverso, a qual, mais tarde, dará origem à sinestesia genital.

A paciente V. B... apresentou uma algofilia não sexual (picada que ela infligia a si mesma), que é um outro modo de busca de sensações cutâneas ao qual se juntam, talvez, elementos psíquicos mais importantes do que no caso precedente.

Seria necessária uma análise psicológica específica dessa perversão nada rara; poder-se-ia precisar suas relações com as parestesias e com a mentalidade histérica. Clinicamente, ela nos parece, nesse caso, solitária, desprovida de imaginação, desprovida de qualquer eco sexual; em uma palavra, nada masoquista.

Parece-nos que não é por puro acaso que essas duas perturbações, que têm um ponto de partida periférico, se cruzam com a paixão tátil pela seda; elas são da mesma ordem que essa última, da qual constituem um prelúdio.

Nossas pacientes apresentam uma propensão toda especial aos mais imaginativos devaneios. Esse traço, frequente nos degenerados, atinge seu mais alto grau nos pervertidos sexuais. Não parece ter exercido um papel na gênese da perversão atual; deve apenas ser assinalada como uma síndrome concomitante. Há razões para observar, além disso, que a fantasia evocadora toma com tema, em nossa paciente V. B..., diversas perversões sexuais que nela estão apenas esboçadas, mas não a paixão dos tecidos que, talvez, se preste menos aos devaneios.

Figuram como tema mórbido, nesses devaneios, as inversões psíquica e física, provavelmente em estado não muito puro. É lícito reconhecer nos episódios de inversões imaginárias a intervenção de duas outras propensões, aparentadas entre si. Uma é a gamomania (Legrand du Saulle); a outra é uma necessidade de proteção ativa contra a possibilidade de se tornar mãe, muito análoga, na sua origem, à doromania[9] e, por outro lado, muitas vezes, a ela ligada. (Um belo exemplo dessas três paixões reunidas num mesmo sujeito figura numa das observações de *La Folie à Paris* [A Loucura em Paris], do Dr. P. Garnier, p. 391.) A inversão não figura apenas nos devaneios, mas também nos sonhos. Nos sonhos mostra-se, além disso, uma tendência passiva e uma algofilia sexual, que estão bastante próximas do masoquismo verdadeiro; dele diferem apenas pela ausência da representação masculina, das apetências psíquicas que lhe estão associadas e da ideia de humilhação. Não falaremos de bestialismo a propósito da representação de animais, porque esses aparecem, sobretudo, como fatores da dor e apenas por ocasião do orgasmo; os desejos, mesmo em sonho, não lhes estão dirigidos.

Observam-se também nas nossas pacientes: uma tendência marcada à depressão, com a ideia de suicídio, a amoralidade em duas delas, a histeria, enfim, os impulsos cleptomaníacos. Todas essas perturbações são marcas de uma degenerescência cuja existência era certa *a priori*.

Os furtos cleptomaníacos ocorreram, aqui, por causa da atração de um objeto especial e também pela diminuição da resistência (casos mistos de Dubuisson). Essa diminuição é a consequência de uma debilitação orgânica e nervosa (febre tifoide, anemia, éter). Esse dado é, em suma, clássico (Magnan, Dubuisson, etc.). A debilitação tem por efeito não apenas diminuir a resistência, mas também avivar o desejo, ao favorecer os automatismos psíquicos inferiores e as sinestesias mórbidas.

A paciente B... iniciou-se tardiamente na cleptomania. É menos certo que a perversão sexual (excitação pela seda) tenha tido nela um início tardio; talvez existisse o gozo tátil, mas a sinestesia genital não seria produzida senão após a debilitação; é também possível que a própria perversão tátil tenha sido criada a partir do zero. Tratar-se-ia, então, de um desses desequilíbrios adquiridos a propósito dos quais Lasègue dizia: "Herda-se, às vezes, de si próprio".

A menopausa parece ter exercido o papel principal na gênese dessa perversão do toque, da mesma forma que produziu, quase que sozinha, a toxicomania com tendência dipsomaníaca e um esboço de loucura de dupla forma.[10] Entretanto, o estado febril, tal como existe na eteromania, não deixou, talvez, de contribuir para criar a hiperestesia tátil; o éter foi, seguramente, um dos fatores mais importantes na gênese do impulso cleptomaníaco, não apenas ao produzir, como qualquer tóxico, essa desorganização mental (liberações dos automatismos inferiores, diminuição da resistência voluntária), de onde nascem as obsessões e os impulsos, mas também porque é da natureza do eterismo dar um aspecto impulsivo a todo sujeito por ele afetado.

Parece que, no caso da mulher F..., produz-se, no instante mesmo do ato, pela sensação do furto em si, um prazer especial; esse elemento cleptomaníaco parece evidente nas observações I, V, XIX do livro de nosso mestre, Dubuisson (p. 64, 81, 152); ele dá lugar, mais tarde, segundo a expressão desse autor, a essa "luta cortês" que se estabelece entre a cleptômana, que promete a si mesma reincidir, e os atendentes da loja de departamentos. (Ver também, sobre o tema da sensação cleptofílica, a terceira observação de Boissier e Lachaux nos *Annales Médico-Psychologiques*, 1894, I, p. 54.)

O prazer de segurar o objeto furtado persiste, no caso dessa paciente, fora da loja de departamentos? Essa questão pode ser colocada a propósito de todas as cleptômanas (questão que parece, agora, atrair menos a atenção que nos primeiros tempos do estudo da cleptomania).

Duas de nossas pacientes furtavam ou, se nos permitem a expressão, surripiavam coisas de pouco valor, principalmente moedas. Esse tipo de furto indica mais o enfraquecimento da resistência do que a força da atração.

Um último detalhe clínico: frequentemente as pacientes se isolam, após o roubo, num canto, na entrada de uma casa ou nalgum banheiro, para ali consumar, por uma aplicação direta da seda furtada contra suas partes genitais, um orgasmo que, no instante do furto, não chegara ao auge. Após o que, com frequência, elas a jogam fora, seja por súbito desinteresse, seja calculadamente. Não é preciso dizer que o lugar onde elas se escondem não deve estar situado muito distante do ponto onde cometeram o furto.

De cada três de nossas pacientes, duas eram hipomorais ou amorais, o que se tornava evidente pelos furtos desprovidos de caráter impulsivo e por outros delitos. Essas pacientes provinham de Saint-Lazare. Provavelmente, entre as pacientes deixadas em liberdade durante a fase de instrução, a proporção das amorais deve ser menos elevada do que na nossa breve série. A amoralidade, por outro lado, não deve nos impedir de reconhecer o caráter impulsivo de alguns desses furtos; considerada no seu conjunto, ela deve, na verdade, figurar no balanço de sua degenerescência. A existência de uma certa premeditação ou mesmo a vantagem posteriormente extraída dos objetos furtados não nos autorizam a concluir, em absoluto, que o furto não tenha sido mórbido, da mesma maneira que certos invertidos verdadeiros podem exercer chantagens contra seus companheiros de prazer sem que se deva, por isso, considerá-los como pederastas profissionais (Krafft-Ebing, Moll). São possíveis todas as combinações entre as perturbações degenerativas, e a amoralidade é uma delas.

É pouco provável, numa mulher acusada de furto, a simulação da paixão erótica da seda. A veracidade das declarações de uma paciente torna-se verossímil pela estereotipia de seus furtos ou, caso se trate de um delito único, pelo *modus faciendi*. O próprio aspecto pitoresco do relato possui um valor probatório; ele vale por sua intensidade e por seus estereótipos. O médico reconhecerá, de passagem, certos brilhos do olhar, certas caretas, certos modos de falar, certas réplicas; observará certas palavras expressivas, certos modos engenhosos de agir, certas adaptações aos momentos, às pessoas e aos lugares, como só a prática de uma antiga paixão sugeriria.

Entretanto, seria possível que, sob a influência de nossas perguntas, essas pacientes (ordinariamente, observadoras e, por outro lado, bastante sugestionáveis) fizessem uma ideia suficiente da perversão que buscamos nelas, e fossem levadas por nossas perguntas, voluntária e sinceramente, a nos proporcionar o relato que delas esperamos.

Um número muito grande de perguntas teria como consequência, por outro lado, nos privar dos monólogos tão expressivos, tão convincentes como aqueles sobre os quais aludíamos ou deixar pairar uma dúvida sobre a sinceridade de determinada alegação posterior, dúvida essa que seria irreparável. É importante, pois, permitir à paciente a máxima espontaneidade. Convém falar por frases curtas, não solicitando nunca determinada resposta, mas apenas uma espécie de relato; um procedimento útil para provocar certas expressões clássicas ou para extrair-lhes manifestações inéditas consiste em dar a impressão de ter encontrado uma contradição entre duas das declarações do paciente e solicitar-lhe que as concilie; a rapidez, o imprevisto, a engenhosidade das respostas assim provocadas constituem informações de grande valor; obtêm-se, assim, às vezes, verdadeiros desabafos.

Se, em virtude de condições particulares, uma simuladora se encontrasse na posse de alguns conhecimentos psiquiátricos, sua insinceridade ficaria evidente pela falta de coesão e de substância, pela falta de lógica, pela ausência da lógica mórbida. Inversamente, poderia ocorrer que uma doente autêntica, declarada, a esse título, irresponsável, pretendesse posteriormente ter enganado o médico perito por uma simulação hábil; o objetivo de sua alegação poderia ser, por exemplo, o de obter sua alta do hospício. Suas declarações poderiam encontrar uma aparência de confirmação nos furtos de natureza banal que ela poderia ter cometido por outro meio. Além disso, todo médico chamado a se pronunciar sobre pacientes desse tipo deveria se informar com cuidado sobre uma amoralidade possível, para mencioná-la, se for conveniente, e acrescentar que nem todo furto cometido pela paciente é forçosamente impulsivo.

Clinicamente, o interrogatório dessas pacientes não termina nunca. A obrigação de esperar a emissão espontânea de certos dados tem por efeito prologar, sem que se as formule, certas questões, sobre as quais não se parou de pensar. Assim, no caso da paciente V. B..., teríamos gostado de saber, com clareza, se a seda amarrotada, usada, é para ela desprovida de qualquer encanto; se um homem coberto de rica seda lhe agradaria mais que a seda sozinha; se a menina com que sonhara se vestia de seda ou se, pela maciez de sua pele, lembrava a seda; se a pele de animais surgidos nos seus sonhos lhe era agradável; se ela acrescenta à seda, às vezes, uma ideia abstrata de virgindade, etc.

IV

Para não complicar a descrição clínica, comparamos as pacientes apenas com os fetichistas mais clássicos. Mas existem perversões intermediárias entre o fetichismo típico e a paixão do tecido tal como a descrevemos. Esses casos apresentam, para nós, o interesse muito especial de ser encontrado entre os homens. Eles têm em comum com os nossos a busca de uma matéria em si mesma, por razões táteis e sexuais; deles diferem pela complexidade psicológica, pelo aspecto clínico e pela história médico-legal. Eis aqui sua exposição sucinta:

Krafft-Ebing, 2ª ed. alemã. Observação 113: Um certo homem instruído e distinto gosta, desde a infância, de certas peles e também do veludo. A pelúcia também lhe agrada, mas infinitamente menos. Aversão pronunciada pela lã, pela flanela e por qualquer tecido áspero. Veludo e pelúcia sob forma de peças de mobília conservam suas propriedades excitantes. Mas ele gosta, sobretudo, de ver e tocar a pele e o veludo na pessoa de uma mulher, desejando neles mergulhar o rosto; o coito com uma mulher vestida de pele constitui, para ele, o maior gozo possível. Tem uma adoração até pelo nome da pele; os homens não têm o direito de vestir peles (que têm, pois, em si, um caráter feminino). O paciente assegura, entretanto, que o contato age sobre ele, espontaneamente, sem a intermediação de qualquer associação de ideias. O odor normal da pele não é apreciado. A excitação sexual é, normalmente, possível: sob condições normais, a mulher é buscada por si mesma. O contato da pele evoca o da mulher; há, para o paciente, prazer em apalpar uma forma feminina sob a consistência da pele; a pele é, portanto, para o paciente, um intermediário físico entre ele e a mulher (ou a sua imagem). Se, portanto, se trata de um fetiche, esse fetiche não é, ao menos, exclusivo, dominante; não é suficiente a não ser como um sucedâneo. O fetiche não é uma pessoa, mas deve estar relacionado a uma pessoa para ser perfeito.

Uma analogia com o fetichismo típico se encontra no grande emprego que é feito, em certos momentos, da imaginação; não sabemos se a pele já vestida por uma mulher é de um efeito mais ativo.

As outras analogias saltam aos olhos. Quanto às diferenças, elas consistem na independência do paciente, relativamente ao fetiche; nas urgências para completá-lo, notadamente proporcionando-lhe um modelo feminino; na natureza amorfa do fetiche; em seu valor tátil intrínseco; na legitimidade da sinestesia; no fato de que nem tudo, no fetiche, é apreciado (notadamente o odor). A pele tem aqui dois valores: um, mais ou menos como fetiche; o outro, como contato agradável. Esse último é primitivo, constitui uma aptofilia e explica, talvez, por um lado, as imperfeições do fetichismo que lhe é secundário. (Por exemplo, a ausência de busca de um odor agradável acrescido à pele, a aversão pelo odor normal, etc.). Constatamos, enfim, que o sujeito não se masturba com a pele e não fez qualquer tentativa de furto.

As diferenças com nossos casos consistem no seguinte: o contato puramente cutâneo não é suficiente para o orgasmo completo; a pele não tem o monopólio da produção da excitação sexual: bem pelo contrário, ela leva o paciente em direção ao sexo oposto; a mulher é buscada em si mesma, para além da excitação pela pele, e sem a urgência imperiosa de completá-la por uma pele.

Nossos casos apresentam uma aptofilia, sem nenhuma adição de fetichismo, ainda que imperfeito.

A semelhança reside na aptofilia erótica, baseada numa aptofilia que se manifestou como tal, enquanto o sujeito ainda era sexualmente neutro.

Krafft-Ebing. Observação 114: Garoto de 12 anos; gozo tátil pela pele de raposa; masturbação na cama com essa pele, ou ainda, no contato com um cachorrinho de pelo espesso. Os contatos não são suficientes, sem a masturbação manual, para provocar a ejaculação. As poluções noturnas não provam, em absoluto, que a ideia de pele seja uma causa suficiente para a ejaculação; a ideia poderia ser subsequente à excitação medular.

Observação 116: Parece-nos que essa observação, classificada como fetichismo apenas do tecido, deve ser vista como um caso de fetichismo verdadeiro, combinado com sadofetichismo. Mas seu ponto de partida é aptofílico.

O mesmo para a *observação 117*, tomada de empréstimo ao Dr. P. Garnier (*Annales d'Hygiène publique et de Médecine légale*, 3ª série, XXIX, 5, e *Les Fétichistes*, p. 46): Homem de 29 anos. Seda apreciada desde a infância; fetichismo da seda desde que tenha sido vestida. Masturbação com retalhos. Orgasmo, algumas vezes apenas por contato cutâneo.

Les Fétichistes, p. 50: Trabalha como padeiro, tendo, desde os dez anos, um culto pelos tecidos lanosos e plumosos (excitação genital por seu contato). Busca posterior da pele e de qualquer tecido feminino, com a condição de que uma mulher o tenha vestido. (Fetichismo verdadeiro.) (Mesmo paciente em Dr. Vallon, *Un fétichiste honteux. Annales d'Hygiène publique et de Médecine légale*, dez. 1895.)

O Dr. P. Garnier acredita, por outro lado, que no homem o gosto pelos tecidos está sempre condicionado pelo caráter feminino do tecido. Ele distingue, por outro lado, o fetichismo do tecido (servidão sexual) da simples hiperestesia tátil (diletantismo). (*Les Fétichistes*, p. 51-53.)

Krafft-Ebing. Observação 118: Homem de 33 anos. Gosto pelas luvas de pele, lisas ou não; especialmente quando carregam a marca do uso, e sobretudo... quando contêm uma mão de mulher. Adoração pela palavra "luva". Luvas levadas ao contato com os órgãos genitais. Caso de fetichismo verdadeiro, com ponto de partida aptofílico.

Outros exemplos de matérias tatilmente excitantes: as rosas, o leite.

Krafft-Ebing. Observação 119 (tomada de empréstimo a Moll): As rosas. Trata-se, nessa observação, de associações de ideias contemporâneas com origem sentimental; as qualidades táteis do objeto favorito não são contadas, a não ser no conjunto de outras qualidades intrínsecas; deixam de ser apreciadas assim que o sentimento romântico, origem da dileção, se enfraquece.

O leite (Charcot e Magnan, *Archives de Neurologie*, II, p. 321): Homem de 44 anos, afetado de impotência e de frigidez desde algum tempo; preso como bolinador. Casado, vida sexual normal até os 42 anos. Desde que se tornou impotente, entrega-se, com frequência, ao prazer de mergulhar o membro no leite, que lhe proporciona uma sensação de veludo. Ereção nula. Depois, bebe o leite, com indiferença. Manipulando continuamente o leite, ele não parece obedecer a uma atração fascinante, mas a uma tentação muito simples. (Debilidade mental?).

O único caso de aptofilia pura e autossuficiente e, por consequência, idêntico aos casos estudados por nós, é relativo a um homem de 21 anos.

Krafft-Ebing. Observação 120: O pelo dos cães e gatos proporciona-lhe uma excitação sexual absolutamente espontânea, contrária mesmo à sua vontade e, tanto quanto possível, evitada. Onanismo físico e psíquico ao pensar em peles de cães e gatos. Nenhuma combinação com bestialismo. Se faz parte de um corpo vivo, a pele parece adquirir apenas qualidades de ordem tátil mais complexas. Trata-se, pois, aqui, de uma hiperestesia tátil especializada, com sinestesia genital. As lembranças táteis não têm, na vida genital, um caráter dominante. Numerosos sonhos relativos às peles. Nenhum tipo de aversão à mulher.

Devemos reconhecer que, antes de se tornarem fetichistas, os pacientes do Dr. Garnier antes citados, passaram por uma fase de aptofilia sexual propriamente dita; isto é, sem evocação da mulher: foi durante a infância. Eles eram, então, comparáveis a nossas pacientes femininas. Mas a adolescência modificou-lhes a perversão.

Todas essas observações mostram perfeitamente que, no homem, tal como na mulher, os contatos periféricos podem adquirir uma sensibilidade especial e exercer, como tal, uma repercussão considerável não apenas sobre a sensibilidade geral, mas também sobre a sensibilidade genital. Apenas a constituição, nessa base, de uma perversão durável, dominante, cristalizada, parece que deveria ser mais rara no homem. A perversão típica que encontramos nas três mulheres parece condizer especialmente com o temperamento feminino. O simples fato do terreno masculino parece dar à aptofilia erótica, quando ela aí germina, uma fisionomia mais atípica, talvez mais superficial, ou, ao contrário, uma nítida tendência a se aproximar do fetichismo, o qual, é bom recordar, não foi descrito senão nos homens.

É notável que os homens tenham por objeto de predileção, em quase todos os casos, a pele; num caso, tratava-se de seda. Em vários deles, o veludo aparece como sucedâneo bastante modesto da pele, sendo que num dos casos é a pelúcia; num outro, qualquer tecido plumoso ou lanoso. Parece, pois (e os detalhes da observação de Krafft-Ebing mostram isso), que o que o homem mais apreciaria no objeto de seu diletantismo seria uma certa sensação de resistência branda e, ao mesmo tempo, secundariamente, uma certa tepidez, enquanto que as mulheres apreciariam na seda a impressão de fineza e de frescor. Gostamos de passar a mão pela pele; gostaríamos que a pele deslizasse sozinha ao longo do dorso de nossa mão. A pele evoca uma carícia ativa sobre aquilo que a modela: a seda acaricia com suavidade uniforme uma epiderme que sente, sobretudo, tornar-se passiva; depois ela revela, por assim dizer, um nervosismo nos seus amarfanhados e nos seus gritos. Prestar-se-ia melhor, assim, talvez, à voluptuosidade feminina. Essas observações não nos parecem desprezíveis; mas elas perdem sua importância diante do fato de que os homens também gostam da seda; talvez, além disso, as ocupações da mulher as coloquem em contato mais frequente com a seda que com a pele. A pele, o mais frequentemente, não basta ao homem, o qual, ao manipulá-la, evoca a mulher; a mulher, ao manipular a seda, continua sozinha em espírito. Os homens não parecem, em geral, apresentar impulsos ao furto, a não ser quando a paixão assume a forma do fetichismo ou do sadofetichismo verdadeiro.

Se comparamos nossos casos de aptofilia feminina com os exemplos de fetichismo assexualizado atualmente conhecidos, onde figuravam como excitantes, uma cerimônia funerária, a contemplação do esforço no homem (Féré), a contemplação do esforço nos animais (Féré), as rosas (Moll), etc., reconheceremos que, nesses casos, o objeto excitante corresponde menos à designação de "Fetiche" – que faz de um objeto uma pessoa e implica uma adoração – do que a de simples "talismã", se entendemos por talismã, como nos parece o correto, um objeto que extrai seu poder de um encantamento estrangeiro e contingente, conservando, assim, uma força tomada de empréstimo e, longe de ser amado por si mesmo, orienta-se em direção a um segundo objeto. As diferenças de estilo dos dois grandes tipos de pacientes, parece-nos, provêm dessa diferença primordial. Parece-nos que o fetichismo assexualizado é, por outro lado, o mais frequentemente, tardio em seu surgimento e secundário em sua gênese (debilidade, associação de ideias, etc.).

Nossos casos parecem intermediários entre uma e outra categoria. Diferem do fetichismo assexualizado pela ausência de orientação para com o sexo oposto, pela quase necessidade de um contato direto, pela ausência de complexidade psíquica. Diferem do fetichismo masculino completo pelos numerosos caracteres, dos quais o mais geral é a ausência de qualquer pessoalidade no fetiche. Diferem do fetichismo bruto (*Stoff-fetichismus* de Krafft-Ebing) pelos traços há pouco indicados.

Admitimos, por outro lado, que os casos de transição devem ser numerosos, que se situam, talvez, no domínio das perversões sexuais, mais do que em qualquer outro domínio, mas que, ainda que constituíssem a maioria, certas combinações impressionantes não são menos merecedoras de serem colocadas particularmente em evidência, primeiramente, a título de pontos de referência e, depois, porque o mecanismo que os produz parece suscetível de se reproduzir mais frequentemente, formando, assim, séries curtas na enorme quantidade de casos díspares, contingentes e individuais.

V

Nossos casos, em resumo, são caracterizados pela busca do contato com tecidos determinados, pelo orgasmo venéreo devido unicamente ao contato cutâneo, pela preferência por esse tipo de afrodisíaco a qualquer outro, mas sem exclusividade absoluta; pela indiferença pela forma, pelo passado e pelo valor evocador do fragmento de tecido empregado; pelo papel bastante enfraquecido da imaginação, pela ausência de apego ao objeto após o uso, pela ausência ordinária de evocação do sexo oposto, pela preferência pela seda, pela associação da cleptomania, enfim, pela existência desse quadro completo, tanto quanto está ao alcance de nosso conhecimento, apenas nas mulheres (e na espécie das histéricas).

A perversão assim definida pode, seguramente, manifestar-se no homem; mas ela parece, aí, estar menos em seu lugar e ser menos pura.

Sob essa forma estreita, a busca do tecido não nos parece ter sido descrita pelos autores clássicos, embora os casos não devam ser raros na prática médico-legal.

Krafft-Ebing assim define o *Stoff-fetichismus*:

"A busca de uma matéria determinada, não na sua qualidade de algo ligado ao vestuário feminino, mas como simples matéria, capaz, por si mesma, de despertar ou de aumentar as sensações sexuais". E acrescenta: "Os casos em questão não derivam de uma associação fortuita; deve-se supor que certas sensações táteis (uma espécie de cócegas, parente, mais ou menos distante, das sensações voluptuosas, é, aqui, nos indivíduos hiperestésicos, a causa primordial da gênese do fetichismo" (2ª edição alemã, p. 198).

Mas vimos que os casos citados por Krafft-Ebing não correspondem absolutamente a uma definição tão estreita e que, por outro lado, nossos casos, aos quais ela se aplica perfeitamente, não têm analogias na sua casuística (que não compreende, por outro lado, nenhuma mulher).

É provável que, nos relatórios médico-legais, tais casos sejam ordinariamente considerados como fetichismo verdadeiro ou como uma espécie de fetichismo ou, ainda, como uma variedade pouco importante do impulso cleptomaníaco. Os autores clássicos dizem unanimemente que "o fetichismo não foi ainda observado nas mulheres"; essa asserção seria inexata, se fosse preciso ligar nossos casos ao fetichismo; e, se não os ligamos a ele, seu lugar não é mais assinalado em nenhum local.

Para nós, não são casos de fetichismo verdadeiro, mas merecem ser colocados ao lado do fetichismo verdadeiro e à sua sombra; eles constituem, em alguma medida, seu sucedâneo feminino. São, certamente, menos pitorescos, menos paradoxais, menos complexos. Mas talvez proporcionem também uma certa importância numérica; em todo caso, sua associação à cleptomania assegura-lhes um interesse médico-legal.

Notas

[1] No original, Infirmerie Spéciale du Dépôt. O Dépôt era, nessa época (anos 1900-1920), a prisão de passagem da Chefatura de Polícia de Paris e a Infirmerie Spéciale, o anexo psiquiátrico em que eram examinados os detidos que tivessem ou alegassem

qualquer tipo de perturbação mental, para sua posterior destinação (simples prisão, internamento nalgum hospício ou libertação). Ver, neste mesmo livro, o texto de José María Álvarez sobre esse braço psiquiátrico da polícia parisiense, no qual Clérambault trabalhou por muitos anos, sobretudo na função de médico-chefe.

[2] Fenômeno cujo nome técnico é "opistótono", frequente em casos de meningite infantil, em que a postura da pessoa atingida caracteriza-se por uma rigidez e um arqueamento acentuado das costas, com a cabeça jogada para trás, de maneira que, com a pessoa deitada de costas, apenas a parte posterior da cabeça e os calcanhares tocam a superfície de apoio.

[3] Tecido de seda, espécie de *florence*, mais larga e mais forte (dicionário *Littré*). *Florence*, assim chamado por ser, inicialmente, fabricado em Florença, é, por sua vez, uma espécie de tafetá leve. O tafetá é um tecido de seda com tessitura cerrada, mas de trama fina.

[4] Tecido de seda preta, de textura grossa (dicionário *Littré*).

[5] Dispositivo legal de 1881, que abolia privilégios da Igreja relativamente a pessoas e bens.

[6] Água de Botot: colutório criado em 1755, por Jean-Marie Botot, para aliviar as dores de dente de Luís XIV. Água de Colônia: solução alcoólica, com propriedades refrescantes e revigorantes, inventada, por volta de 1709, por comerciantes italianos, estabelecidos em Colônia, Alemanha. Inicialmente chamada de "Água Milagrosa", foi rebatizada como "Água de Colônia" pelos usuários franceses. Posteriormente, em 1792, Whilelm Mülhens, banqueiro estabelecido na mesma cidade, criou a "verdadeira" Água de Colônia, com outra fórmula, também supostamente medicinal, a cujo nome foi, depois, acrescido o número 4711 (pela qual é, até hoje, reconhecida), que era o número da casa onde morava o seu criador.

[7] De "estenia".

[8] Clérambault está, evidentemente, criando, a partir do grego, dois neologismos.

[9] Compulsão a dar presentes.

[10] No original, "*folie à double forme*": psicose maníaco-depressiva (transtorno afetivo bipolar).

[A presente tradução baseou-se na versão reproduzida no site: <http://psychanalyse-paris.com>.]

Paixão erótica dos tecidos na mulher [1910]

Gaëtan Gatian de Clérambault

Com esse título, descrevemos, no número 174 dos *Archives d'Anthropologie Criminelle* (15/06/1908), três casos de uma espécie de fetichismo reduzido, observados por nós em mulheres (1902-1906). Uma quarta observação, encontrada em nossos dossiês, justifica, acreditamos, os comentários que fizemos a propósito dos três primeiros casos:

Quarta observação

Histeria. – *Precocidade sexual.* – *Frigidez alegada.* – *Delírio do toque.* – *Paixão pela seda.* – *Impulsos cleptomaníacos com participação genésica.* – *Esboço de masoquismo.* – *Amoralidade, delinquência banal.* – *Toxicomania.*

Marie D..., viúva de A..., dona de casa, 49 anos (Enfermaria Especial, jan. 1905).

Pai alcoólatra, teria se suicidado aos 60 anos. Mãe teria se suicidado. Irmão, muito exaltado, teria sido internado.

Nascida e criada no interior. Entregava-se, dos sete aos oito anos, à masturbação, seja solitária, seja recíproca. "Eu brincava de papai e mamãe com outra menina, em cima das cadeiras." Primeiras regras aos 12 anos. Casada aos 26. Sua paixão pela seda revelou-se muito cedo. "Casei para ter um bonito vestido de seda preta que ficasse de pé. Depois do casamento, ainda punha vestidos nas bonecas; ainda gosto disso. A seda tem um frufru, um cricri que me faz gozar." Ouvir a palavra "seda" ser pronunciada ou também representar a seda em pensamento basta, diz ela, para provocar uma ereção das partes sexuais. O orgasmo total produz-se pelo contato e, *a fortiori*, pela fricção da seda contra essa região.

Do casamento teve um filho que tem, hoje, 32 anos. O marido espancava-a, diz ela. Aos 18 anos, ainda morando no interior, tem por amante um indivíduo que bebe e furta; sob sua influência, diz ela, comete um furto de roupas de cama, de que resulta uma condenação a quatro meses de prisão. Liga-se, depois disso, a uma mulher igualmente alcoólica e ladra; ambas viviam embriagando-se e roubando; segunda condenação. Ao vinho e ao conhaque logo junta-se o éter. A ideia de beber o éter veio-lhe quando era empregada na casa de um farmacêutico e observava-o administrando o éter a pessoas em estado de embriaguez (?). Quando parava de beber, sua conduta tornava-se boa, diz ela, isto é, deixava de furtar.

Entregava-se, todos os dias, à masturbação. As relações sexuais normais não lhe proporcionavam, assegura ela, qualquer gozo. Viveu maritalmente, entretanto, com vários homens, sem contar, intermitentemente, o marido; isso tanto em Paris quanto no interior. Lembra-se de ter vivido, em Paris, por volta de 1888, com um marinheiro e, depois, com um outro, do qual ela diz: "Ele me espancava, ainda gosto dele, mas ele não quer mais falar comigo. Quando me espancava, sentia, às vezes, um gozo verdadeiro".

Ela acrescenta: "Não suporto os homens; antes de mais nada, eles são todos parecidos e, depois, agora tenho uma barriga muito grande". Realmente, com efeito, ela é obesa e, além disso, sofre de uma eventração, em consequência de uma laparotomia feita, em 1901, por causa de um fibroma uterino, durante uma de suas passagens pela prisão de Saint-Lazare. Depois dessa operação, as relações sexuais, a dar-lhe crédito, ter-se-iam tornado impossíveis.

Fez vários furtos em lojas de departamento. Sua ficha criminal registra 26 condenações, de que destacamos uma por desacato, provavelmente ocasionado por uma embriaguez alcoólica ou etérica; o resto, por furto de mercadoria exposta em gôndolas. Destacamos três delas, em 1904, da qual uma por furto de vestido de seda, no valor de 160 francos, vestido que, após o furto, ela havia enrolado e enfiado sob a saia, entre as pernas. Por várias vezes, ao comparecer diante do Tribunal, recusou-se a responder.

Em 1901, morava nos arrabaldes de Paris, com um trabalhador muito mais jovem que ela, trabalhando como vendedora de peixe, embriagando-se com frequência e tendo a seu cargo o neto, de quatro anos.

No final de 1904, entrou numa loja de departamentos, levada, diz ela, por um verdadeiro impulso. "Acabara de tomar éter quando passei pela porta; além disso, há oito dias não fazia outra coisa além de me embebedar e praticamente não comia mais. No setor de sedas, um vestido de seda azul claro me fascinou: ele se mantinha aprumado. Uma seda que não se mantém rígida não me diz nada. Era rendado. Peguei esse vestido de criança, coloquei-o sob minha saia, num bolso grande,[1] e, segurando esse vestido por uma ponta, me masturbei em plena loja, perto do elevador e, depois, dentro do elevador, onde tive o máximo de gozo. Nesses momentos, minha cabeça incha, meu rosto fica vermelho, as têmporas latejam, não posso mais ter gozo a não ser dessa maneira. Depois disso, às vezes levo o objeto comigo, às vezes o largo. Na ocasião em que me surpreenderam, o que já contei, eu mesma chutei a peça de volta. Ela acrescenta: "A masturbação em si não causa grande prazer, mas eu a completo pensando no brilho e no ruído da seda. Algumas vezes, no momento em que me masturbava com a seda, tive, ao mesmo tempo, pensamentos sobre homens, ainda que o homem não me cause nenhuma sensação".

Essa paciente mostra-se hipomoral no domínio afetivo: o pensamento do filho e do neto não lhe suscita nenhuma reflexão que demonstre um apego normal. No domínio ético, é decididamente amoral, não manifesta qualquer arrependimento relativamente a seus furtos, impulsivos ou não. "Se não expusessem as sedas desse jeito, eu não pegaria nada." Sua memória é boa. Recita a exposição de suas taras com precisão, até mesmo com uma segurança mórbida que, posteriormente, impressionou, tal como a nós, também os médicos do hospício. Suas grandes crises de histeria e sua disposição a se deixar hipnotizar foram medicamente constatadas.

Nosso pranteado mestre, o Dr. P. Garnier, internou-a, em 30 de janeiro de 1905, mediante um certificado do qual extraímos algumas linhas: "Degenerescência mental. Alteração profunda das faculdades morais e perversão sexual impulsiva (fetichismo da seda). Surgimento dessa obsessão na adolescência... Excessos etílicos e erotomania. Acidentes histéricos".

Em Saint-Anne, o Dr. Magnan acrescenta às características citadas a menção "dipsomaníaca".

O Dr. Colin (Villejuif) colocou a paciente em liberdade após três meses e meio de internação.

Devemos acrescentar que essa paciente tinha sido examinada, no início de janeiro de 1905, por nosso mestre, o Prof. Raymond, como perito do Tribunal. Ele havia destacado suas diversas taras e também havia chegado à conclusão de que se tratava de fetichismo.

O fetichismo, nessa paciente, como nas outras, desenvolveu-se contra um fundo de frigidez sexual. Por um contraste que mereceria uma análise, o instinto sexual, nessa frígida, foi precocemente desenvolvido e a masturbação tornou-se um hábito: *precocidade, frigidez, masturbação* formam uma tríade paradoxal, encontrada em duas, pelo menos, de nossas outras pacientes e que são encontradas também, com muita frequência, sem nenhuma ligação com o fetichismo. O próprio fetichismo havia surgido muito cedo: a paciente, mal saída da infância, já tinha consciência de seu gosto pela seda.[2]

A paciente abandonou, principalmente por indiferença, qualquer relação sexual com homens, mas continua uma grande masturbadora. No onanismo, é a imagem da seda que surge em seu espírito e não a imagem do homem; só a seda contribui para o gozo, sendo, na verdade, sua condição; ela supera e substitui o homem: sob esse aspecto, trata-se certamente de um fetiche. Uma exceção bem mais aparente do que real nessa dominação da seda é a seguinte. Quando a seda, presente e real, proporciona o orgasmo, então a seda pode desaparecer do pensamento (ao menos visualmente) e uma imagem de homem aparece. Evidentemente, essa última não é mais do que um substitutivo; ela vem complicar, como que por fantasia, um estado de alma já completo. Bem mais frequentemente, bem mais intensa e também mais eficaz é, como já observamos, a evocação do sexo oposto no fetichismo masculino.

Não saberíamos dizer se a emoção do furto é, nessa paciente, uma condição necessária e, nem mesmo, se contribui para o gozo (a paciente cometeu, com frequência, furtos banais). Na pressa de gozar, após os furtos impulsivos, ela se fecha, não muito longe, num *isolamento bastante precário*; uma vez consumado o gozo, ela se desfaz do objeto *sem muita precaução*, imprudência que é, provavelmente, efeito do relaxamento de todo o organismo (desfazer-se em seguida do objeto é, por si, coisa absurda).

O fetiche, após o uso, perde inteiramente o interesse; é jogado fora sem pesar ou, se é guardado, é por um outro motivo qualquer. Durante o ato, ele não era manipulado com fúria possessiva, nem, como dissemos, enriquecido com visões intensas, contrariamente aos objetos que servem aos fetichistas masculinos. Esses três dados resumem-se a um único: o fetiche, para a mulher, não é mais que um fragmento de matéria, não é uma personalidade.

Deve-se observar que nossa paciente, por duas vezes, ao menos, tinha furtado não retalhos, mas vestidos totalmente acabados. Não é que a confecção conferisse ao tecido uma personalidade qualquer, nem uma faculdade evocadora (os vestidos não teriam podido, de resto, evocar senão formas de mulher ou de criança); certamente não, mas a seda montada em forma de vestido possui, num maior grau, aquela qualidade que, acima de tudo, a paciente busca num retalho: uma rigidez muito maior. "Gosto da seda que fica em pé sozinha." Se ela própria prefere a seda preta, é talvez porque ela proporciona uma maior sensação de solidez.

Faremos, a esse respeito, duas observações. Em primeiro lugar, a mulher homossexual não tem forçosamente o fetichismo homossexual; talvez, inclusive, jamais o teve; pelo menos uma de nossas mulheres fetichistas era homossexual e, entretanto, ao se masturbar com a seda, não tinha evocações de formas femininas; o gozo evocava homens, se é que evocava alguma coisa; o fato é tanto mais notável quanto se trata de um gozo inteiramente clitoridiano, isto é, o mais neutro possível. Trata-se de uma constatação. A explicação residiria, talvez, numa expressão bem menos elaborada e, sobretudo, bem menos adoradora, do amor do tipo feminino. O safismo, mantido o mesmo nível de ardor, comporta menos de devaneio ideal do que a homossexualidade masculina.

Em segundo lugar, a rigidez da seda é uma característica até agora menos pesquisada ou menos definida do que as de frescor e de fineza. Aqui, a seda não deve apenas roçar com delicadeza a epiderme; é preciso também que tenha corpo. Esse dado, embora inesperado, não é, em suma, muito surpreendente. Como dissemos, se o homem fetichista buscava nas matérias do vestuário, sobretudo a maciez que lhe proporcionam o veludo, a pelúcia e as peles, em contraposição, nossos exemplos de fetichistas do sexo feminino sempre buscaram quase exclusivamente a seda; todas diziam gostar do grito e do caráter quebradiço da seda; é possível que, nesse grito e nesse caráter quebradiço, elas vissem, talvez, não apenas um nervosismo delicado, mas um dos signos da rigidez, elemento até agora por nós mal pouco identificado? Assim, enquanto que o homem exige do tecido, em sua macieza, um conjunto inteiramente feminino de características, a mulher exigiria, além da suavidade superficial, uma espécie de energia interna que lembre o músculo, ou uma outra tensão qualquer, como se queira.[3]

A paixão erótica pela seda está associada, em nossa quarta paciente, com outras anomalias sexuais: frigidez, precocidade e masoquismo.

Encontra-se associada também à histeria, tal como em cada uma de nossas três outras observações. Uma coincidência tão constante é digna de nota. A histeria predispõe muito particularmente aos fenômenos sinestésicos.

Encontrou-se a amoralidade em duas, pelo menos, de nossas outras pacientes (delinquência banal).

A toxicomania – busca de um gozo, como a aptofilia e, tal como o furto impulsivo, marca de uma imperfeição da vontade – já tinha sido encontrada, associada à aptofilia, num de nossos casos.

Os fatos de que os períodos de toxicomania, em nossa paciente, tenham coincidido com períodos de furto e de que a sub-embriaguez etérica tenha favorecido o impulso cleptomaníaco não passam, aqui, de fenômenos banais.

Os dados principais de nosso caso são: despertar precoce do instinto sexual, frigidez, masturbação, início do fetichismo na primeira juventude; ausência de apego aos fetiches e de elaboração imaginativa em torno dele. Um ponto curioso é a *busca da rigidez*; um ponto secundário, o masoquismo.

Essa observação justifica as conclusões de nosso trabalho de 1908, que transcrevemos textualmente:

"Nossos casos, em resumo, são caracterizados pela busca do contato com tecidos determinados, pelo orgasmo venéreo devido unicamente ao contato cutâneo, pela preferência por esse tipo afrodisíaco a qualquer outro, mas sem exclusividade absoluta; pela indiferença pela forma, pelo passado e pelo valor evocador do fragmento de tecido empregado; pelo papel bastante enfraquecido da imaginação, pela ausência de apego ao objeto após o uso, pela ausência ordinária de evocação do sexo oposto, pela preferência pela seda, pela associação da cleptomania, enfim, pela existência desse quadro completo, tanto quanto está ao alcance de nosso conhecimento, apenas nas mulheres (e na espécie das histéricas)."

Notas

As notas são todas do autor.

[1] O bolso conhecido como "Canguru", das ladras habituais.

[2] Nosso mestre Garnier chamava, com frequência, a atenção para o fato de que os primeiros índices das perversões sexuais, sobretudo do fetichismo, remontam quase sempre à infância.

[3] Não pretendemos fazer dessa fórmula uma lei absoluta. Ela nos parece apenas conter uma generalidade notável. Uma de nossas pacientes (obs. II) gostava bastante da seda e pouco do veludo. Observamos, numa mulher, normal sob qualquer outro ponto de vista, um gosto marcado pelo contato com a pele e uma predileção mais marcada ainda pela pele do animal vivo (na espécie dos gatos, unicamente). O contato com essa pele sobre a epiderme nua tinha ação erógena, por vezes prolongada pela fantasia, mas de forma alguma dominante, logo esquecida, nunca desejada e que a pessoa não buscava ampliar pela colocação em contato com suas partes sexuais. Nenhuma histeria.

[A presente tradução baseou-se na versão reproduzida no site <http://psychanalyse-paris.com>.]

Clérambault: o prazer da dobra

Analítica do drapeado: as fotografias de Clérambault

Danielle Arnoux

> "O mundo não compreendeu nada dos seus trabalhos."
> (Louis Marin, "Elogio fúnebre de Clérambault", *L'Ethnographie*, n. 21)

Após mais de 45 anos de esquecimento, uma obra fotográfica é exumada, apreciada, restaurada e, depois, exposta e levada a percorrer o mundo.[1] O fotógrafo chama-se Gaëtan Gatian de Clérambault, o célebre alienista. Só há pouco[2] considerou-se apropriado conceder-lhe a designação de "psiquiatra-fotógrafo", devidamente aposta numa placa em sua homenagem, numa praça triangular que leva seu nome, em sua cidade natal, Bourges, na França.

Psiquiatra-fotógrafo – um *scoop*?

Suas fotografias de drapeados marroquinos deram origem a uma abundante e fantasiosa literatura. Uma lenda multiplicou por sete o número provável de fotografias. Falou-se de presenças fantasmagóricas, de mortalhas, de erotismo suspeito. Acreditou-se que o doutor artista, tal como um herói romanesco do século XIX, levava uma vida dupla. Seu suicídio não tinha provocado escândalo? A imprensa não havia mencionado manequins de cera dos quais esse celibatário vivera rodeado? Concluiu-se daí que as fotos haviam permanecido secretas, "jamais mostradas durante sua vida", que elas eram de uso privado, porque Clérambault, o misterioso, assim o teria desejado.

Ora, longe de tê-las mantido secretas, Clérambault destinava suas fotografias a servirem de ilustração de uma publicação que nunca passou do estado de projeto. Além disso, fora justamente porque 40 delas, em formato grande, tinham sido exibidas numa exposição, em 1922, que Clérambault tivera a possibilidade inesperada de apresentar sua doutrina aos artistas da Escola Nacional de Belas Artes.

É, agora, possível, portanto, sair desse fascínio exercido pela "obra fotográfica" de Clérambault e por seu longo período de invisibilidade, para sugerir um certo nível de leitura pelo qual pode se orientar o olhar. Proponho-me mostrar, aqui, que a coleta de imagens marroquinas não era, para Clérambault, uma atividade reservada à intimidade. Ele tinha, com as suas fotografias, a ambição de produzir uma obra cujos qualificativos comuns de "fotográfica", "artística" ou "etnográfica", que não a descrevem senão parcialmente, não fazem justiça à sua originalidade. Percebemos, nas diferentes práticas de Clérambault (psiquiatria e fotografia, para ficar, provisoriamente, nesses rótulos), o exercício sistemático de um mesmo e único método.

Estudo sistemático – *flashback*

Clérambault estudava, desde sua tese de doutorado em medicina (que versava sobre as lesões nos ouvidos de alienados), imagens feitas a partir de observações no microscópio e processadas no laboratório do Sr. Macé, responsável pelos trabalhos de microfotografia do laboratório de anatomia patológica do hospício Sainte-Anne. As imagens constituem, já aí, um suporte técnico apropriado à sua busca de pesquisador.[3] Mencionemos igualmente a existência, ao lado da Enfermaria Especial, do Laboratório fotográfico de identificação judiciária, anexo ao Dépôt, que adotava os procedimentos fotográficos e as medições antropométricas de Bertillon. Pode-se imaginar que esse serviço tenha permitido a Clérambault se familiarizar com as novas possibilidades técnicas de um material apropriado à fotografia ao ar livre e à fotografia de interior.[4]

No que diz respeito às fotografias de drapeados, que são as que permitem que se fale de "obra fotográfica", as indicações de leitura são dadas pelo próprio Clérambault, em sua pesquisa sobre esse tipo de roupa, da qual essas fotografias constituem uma parte essencial, sendo os primeiros documentos disponíveis sobre esse estudo. Mas por terem sido isoladas, ao ponto de ressurgirem, após um longo período de esquecimento, como uma obra autônoma, sem nenhum comentário, elas haviam, de alguma maneira, se afastado de sua motivação. O contexto explicativo que faltava a essas imagens é dado por alguns textos de Clérambault que focalizam o drapeado.[5] Por exemplo, o texto "Introdução ao estudo das vestimentas drapeadas indígenas", redigido, em 1921, "pelo doutor G. G. de Clérambault, Médico-Chefe da Enfermaria Especial dos alienados, junto à Chefatura de Polícia",[6] começa assim:

> É surpreendente constatar que, enquanto as Vestimentas Antigas[7] têm sido, desde há muito, analisadas e decifradas, as Vestimentas vivas, atualmente utilizadas nas diversas regiões do mundo, não têm se constituído em objeto de nenhum estudo sistemático. Nem a enorme abrangência do tema, nem sua beleza, nem sua lógica parecem ter sido suspeitadas (CLÉRAMBAULT, 1921).

Assim poderia ter começado a sua "obra consagrada à beleza árabe", seu "tratado em preparação", anunciado várias vezes, mas nunca publicado, e no qual deveriam aparecer as fotografias tiradas no Marrocos, em 1918 e 1919. O tom está dado; está tudo aqui, nessas poucas linhas: a vestimenta ainda viva, hoje, em oposição à antiga; o estudo sistemático e planejado; o elogio da abrangência, da beleza, da lógica; enfim, um tema nunca antes desvelado. Esse texto, escrito por ocasião do 2º Congresso de História da Arte, é uma profissão de fé.

A obra psiquiátrica – *travelling*

No momento dessa primeira grande intervenção pública sobre a "vestimenta viva", fazia um ano que Clérambault havia sido nomeado médico-chefe da Enfermaria Especial e conselheiro do Protetorado Marroquino para a Psiquiatria. Ele se ausenta da Enfermaria Especial apenas durante a Grande Guerra, quando também vive sua experiência marroquina, na qual reuniu o essencial de sua coleção de imagens fotográficas de drapeados. Ele ocupará o posto de médico-chefe sem interrupção, até seu suicídio, em 17 de novembro de 1934. Tendo começado sua carreira em 1905, na Enfermaria Especial dos Alienados, redigira, já, mais de 4.500 certificados, bem como alguns artigos que constituíam um primeiro *corpus* clínico sobre os delírios a dois, as psicoses à base de tóxico, a paixão erótica dos tecidos na mulher (cf. CLÉRAMBAULt, 1942). Foi o primeiro a tentar situar, para cada tóxico, a forma específica de alucinação que dele resulta, e as imagens táteis e até mesmo as metáforas têxteis abundam nas suas descrições. Quanto à paixão pelos tecidos que ele caracteriza como uma perversão feminina, ela serviu de tema para dois textos inflamados que os comentadores gostam de citar para revelar um Clérambault amante apaixonado, também ele, pelos tecidos. Após 1920, as referências táteis e têxteis não intervêm mais metaforicamente, na mesma proporção, nos textos publicados.[8] Que parte dessa mudança, se é que realmente se trata de uma mudança, se deve ao desenvolvimento de um campo paralelo – que se amplia desde então – de pesquisa sistemática sobre o drapeado? Clérambault formula, nessa época, as duas grandes síndromes às quais seu nome permanece ligado, até hoje, nas discussões dos psiquiatras: a erotomania e o automatismo mental. Clérambault inova, sobretudo, ao introduzir essa noção de síndrome em psiquiatria.

A erotomania repousa, para Clérambault, num único "Postulado". Sem esse postulado, a noção de delírio desabaria. Clérambault obstina-se em fazer valer a autonomia da síndrome, ao buscar colocar em evidência "um caso puro". Como sua clínica é uma clínica de doentes e não de doenças, bastar-lhe-á um "caso puro" para que a erotomania pura exista.[9]

Quanto ao automatismo mental, sua descrição permite inverter a concepção clássica das psicoses: a ideia que domina a psicose (aquela em torno da qual se elabora o romance) não é o que a gera; o ponto de partida (base, núcleo) está num fenômeno de automatismo[10] (intuição, eco do pensamento, enunciação de gestos, etc.), de "teor neutro" quanto ao tema e aos afetos; o delírio, que é temático, insere-se secundariamente nessa base que lhe serve de ponto de apoio inicial. Quer tenha como tema a perseguição, a filiação ou alguma outra fantasia, será correto qualificá-lo como delírio com base no automatismo e, com isso, ter-se-á dito alguma coisa sobre sua estrutura.

É essencialmente esse mesmo método que ele utiliza no estudo do drapeado. Em todos os casos em que trata de traçar o repertório de uma roupa drapeada, Clérambault coloca em evidência um "esquema de construção", com um "ponto de apoio principal", inicial, e um "movimento gerador". As características "inicial" e "gerador" determinam a classificação das roupas drapeadas. O postulado *inicial* da erotomania é um ponto de apoio *gerador* da síndrome. O fenômeno de automatismo apresenta também essas características, *inicial* (e, como tal, anideico[11]), e *gerador* do delírio, que o torna mais complexo, a ele se juntando. Distinguir o que é inicial e o que é secundário equivale a colocar em ordem – na cronologia, na espacialidade e no encadeamento (mecânico), ao mesmo tempo – causas e efeitos.

Por várias vezes, Clérambault anuncia, em vão, inclusive num cartaz exibido na vitrine de Maloine,[12] os tratados que seriam publicados sobre a erotomania e sobre o automatismo mental. Os trabalhos sobre o drapeado terão a mesma sorte.[13]

Séries cinemáticas

No texto "Introdução ao estudo das roupas drapeadas indígenas", um capítulo constitui, propriamente falando, a intervenção de Clérambault no Congresso. Ele procede à "exibição de 14 manequins de madeira drapeados", mostrando formas locais da Tunísia e do Marrocos, que são, então, comentados por ele. Cada região, cada cidade tem sua fórmula local, sua maneira de drapear os *haïk*,[14] cada uma delas exigindo um acabamento particular, resultando daí uma silhueta característica de cada cidade. Clérambault tentou enumerá-las. Sua preocupação em fazer o inventário dessas fórmulas específicas é a mesma que ele tinha colocado à prova no caso dos delírios tóxicos. Para explicar a negligência mostrada no estudo da roupa moderna e, mais particularmente, árabe, Clérambault evoca os pintores orientalistas que "jamais se apegam especialmente à expressão dessa roupa", e a arte muçulmana, pouco propensa à representação da figura humana:

> Além disso, entre os povos muçulmanos, o próprio homem que consente em posar não informa direito, e as mulheres comuns nunca falam, num hábito que vem de longe, a nenhum outro homem que não seja médico. Com todos eles, homens ou mulheres, é preciso um certo conhecimento de sua língua, uma paciência extrema e um poder capaz de vencer-lhes a resistência a falarem. Tais condições não são preenchidas senão por um Médico, e foi essa característica que nos levou a empreender diretamente o presente estudo (CLÉRAMBAULT, 1921).

Equivocam-se os que pretendiam que o doutor levava uma vida dupla. O conferencista fotógrafo, apaixonado pelos drapeados e que aprendeu a falar árabe, não é outro senão o próprio médico; simplesmente, se ousamos dizê-lo, ele inova em sua disciplina, por não poder se basear nas outras: a pintura, a arqueologia ou os estudos orientalistas. E ele diz por quê:

> Os Pintores não analisam, os Arqueólogos esperam a morte das coisas antes de se interessarem por elas, e os Orientalistas se entregam à linguística, ao folclore e à epigrafia, etc., disciplinas todas, nas quais os exemplos abundam e os métodos estão constituídos (CLÉRAMBAULT, 1921).

Ora, há urgência. Quando Clérambault fizer o anúncio de suas conferências na Escola Nacional de Belas Artes, três anos mais tarde, vai insistir, novamente, na "obra útil", à qual deverão se dedicar os médicos estabelecidos nas colônias francesas, "ao recolher desde agora os documentos, não apenas pitorescos mas estritamente analíticos sobre os drapeados que caracterizam a sua região" (CLÉRAMBAULT, 1924). Segundo Clérambault, as "Fórmulas" atualmente vivas da vestimenta estão em vias de desaparição, aqui recuando diante da roupa costurada, ali se esquematizando, lá adiante se deformando, e até mesmo se abastardando, misturando fórmulas anteriormente distintas:

> [...] perda comparável à desaparição recente de certas espécies animais que um pouco de cuidado teria conservado, e que nos ligavam às épocas geológicas. É importante, quanto aos drapeados, que sua extinção não se complete sem que haja um levantamento completo de sua figuração, sem que sua estrutura tenha sido analisada e sem que dele se extraiam todos os ensinamentos *mecânicos*, etnográficos, psicológicos, que mais tarde só poderão ser extraídos exclusivamente do exame de suas imagens (CLÉRAMBAULT, 1921).

A ênfase no qualificativo "mecânicos" é de Clérambault. Ele formula cada problema à maneira de um engenheiro. Artista, à maneira de um Leonardo da Vinci inventando uma máquina de voar, ele estuda também as doenças mentais com um método dito mecânico. Sua explicação do interesse pelo estudo do drapeado faz, pois, valer esse método, e a fotografia vai encontrar sua função nesse local.

> O problema de se conseguir fazer com que se sustente perfeitamente, quase sem nenhum auxílio exterior, sobre o corpo humano em movimento, um tecido tal como sai da tecelagem não está sujeito a receber um número ilimitado de soluções; por consequência, os êxitos obtidos merecem ser classificados como Invenções na História do Espírito Humano (CLÉRAMBAULT, 1921).

Clérambault considera que é um erro se ter, até então, incluído o drapeado como parte da história da roupa. Especialização nova, no cruzamento entre a arte, a etnografia, a antropologia, a história dos povos, as técnicas, os costumes, o orientalismo, seu estudo exige a produção de seus próprios documentos:

> É relativamente fácil descrever relações entre linhas, assim como também é fácil descrever arranjos de volumes; mas é difícil pintar superfícies em revolução. O enunciado de seus contornos, retornos, rebatimentos e torções expõem mil obscuridades; em nenhum outro lugar, um método de análise e um método de exposição são mais constantemente necessários.
>
> Uma mesma roupa deve ser mostrada, sucessivamente, em sua forma acabada, e em sua gênese. Cada um dos tempos da construção, tal como também cada uma das partes, deve receber um nome especial ou, na falta dele, um número de ordem que permitirá evocá-las rapidamente e compará-las a épocas similares de uma outra roupa. Esse vocabulário não pode ser estabelecido senão por dissecção e comparação múltiplas (CLÉRAMBAULT, 1921).

Arremate do haïk redda (véu de cabeça), após a colocação

O pano, depois do arremate da saia, passa por trás das costas, com uma parte erguida à esquerda. Urdidura horizontal, trama vertical, a borda direita da trama é franjada. O pano tem um ponto de apoio sobre a cabeça e dois sobre os braços; mais exatamente, os antebraços são erguidos a 45 graus, e as mãos sustentam o pano: à direita, a 30 cm da borda da urdidura, deixando pendente uma ponta de pano; à esquerda, deixando uma folga relativamente à parte erguida do pano.

"Pregueamento" ["*rempliement*"] por uma leve sacudida ["*fouettement doux*"] dos dois braços, da frente para trás. Toda a parte do pano que estava por debaixo da mão direita vem se enrolar em torno do antebraço; à esquerda, da mesma maneira, dá-se um enrolamento do pano por sobre o braço.

Os braços se erguem, e o antebraço esquerdo assim envolvido vem se assentar por sobre a cabeça. O antebraço direito se assenta por sobre o esquerdo.]

Colocação da saia, na mesma peça de tecido

O braço esquerdo se retira delicadamente, o tecido no qual ele estava envolvido continua assentado por sobre a cabeça. A mão direita mantém o tecido por sobre a cabeça.

O braço direito, por sua vez, se retira; a mão esquerda sustenta e retifica a posição do tecido, mas ele se mantém no lugar, em virtude do peso e das espessuras assim constituídas.

O véu de cabeça está colocado, só faltando fazer retoques em detalhes. Ele é dissimétrico, fechando-se da direita para a esquerda.

A série ordenada da qual são extraídas essas fotografias é simplesmente intitulada, na fototeca, "Diferentes estágios da confecção de uma veste drapeada". Seis fotografias me pareceram suficientes para apresentar, aqui, uma sequência legível. Buscando dar uma visão geral das etapas, deixei de lado as poses muito parecidas. O título e o comentário explicativo, à maneira de Clérambault, são de minha lavra, os termos "rempliement" e "fouettement doux" são de Clérambault.

★ Desenhos de Cassiano Stahl, com base nas reproduções fotográficas do texto original.

Para fixar o movimento da construção em múltiplas etapas, ordenadas em sequência, seria preciso o cinema, mas Clérambault se contenta com fotografias seriadas, como demonstra num rascunho de apresentação do famoso tratado que estaria para ser publicado:

> A observação deve ser acompanhada de figuras. Vistas cinematográficas das diversas etapas do ato de vestir-se e do drapeado, em posturas variadas e em movimento, seriam úteis. Fotografias bem seriadas podem substituí-las; não tivemos outro recurso.

As fotografias servem para estabelecer esse repertório sistemático e para mostrar, sucessivamente, ordenando-as, as etapas da construção de cada forma. Os tempos e os gestos que decompõem as várias fases do ato de vestir-se dão, na imagem fotográfica, essas posturas de aparência estranha, artificialmente isoladas, essas sequências com variações infinitesimais. "A série cinemática que representa os gestos rituais da construção de um drapeado" (Clérambault, *Inauguration*...) nem sempre é fácil de ser ordenada *a posteriori*. De um mesmo ponto de vista metodológico, Clérambault observará que é difícil encontrar fenômenos iniciais sobre os quais o delírio se construiu, bem como as fases de sua construção, quando ele atinge o "período de estado", isto é, a sua forma organizada como "romance". Ao final do texto da conferência, Clérambault escreve que começou seu estudo do drapeado na Tunísia, em 1910, tendo-o aprofundado no Marrocos, em 1918-1919, de onde trouxe mais de cinco mil fotos e numerosas notas. Em outro texto, a cifra aumenta, e ele dirá ter seis mil documentos. Propõe, ainda, publicar uma parte delas; ora ele anuncia algumas centenas de ilustrações na obra a ser publicada, ora ele fala em 600 fotografias, com um texto didático de acompanhamento, ora em mil ou duas mil; não tem certeza. Provavelmente, a esse respeito, ele age como qualquer fotógrafo, deixando, sem dó nem piedade, dez fotografias de lado e mantendo apenas uma. No rascunho em que anunciaria a publicação do livro, ele sublinha "fotografias *rigorosamente pessoais*".

Médico artista

No ano seguinte, em 1922, Clérambault tem 50 anos. Ele expõe 40 fotos, em formato grande, na Exposição Colonial, em Marselha, no Pavilhão do Marrocos, onde obtém, conforme diz, uma medalha de ouro. As fotografias do Marrocos são aí apresentadas como obra inteiramente à parte. É provável que nessa data Clérambault tenha mostrado suas imagens ao público sem o acompanhamento do texto didático que ele lhes destinava. Dessa exposição surge um resultado inesperado e que vai transtornar a pesquisa de Clérambault. O subsecretário de Estado para as Belas Artes, Paul Léon, tendo apreciado essas fotografias quando de sua visita a Marselha, pensa nele para um ciclo de conferências na Escola de Belas Artes, sobre o tema da vestimenta árabe. Clérambault multiplica as tratativas. Esse projeto o entusiasma, mas, embora goze dessa alta proteção, não é o único candidato. A resposta chega ao final de vários meses; no dia 8 de março de 1923, ele é autorizado a dar

> [...] uma ou duas conferências anuais sobre o tema indicado. A Administração da Escola de Belas Artes não dispondo dos créditos necessários, nenhuma remuneração lhe poderá ser atribuída.

Igualmente sem complacência é a resposta que, em 4 de agosto de 1924, acusa o recebimento da doação de um lote de fotografias:

> Devo agradecê-lo muito vivamente pela doação de 1.112 fotografias 9x12 que o senhor quis fazer aos arquivos fotográficos do Ministério de Belas Artes. Essas fotografias foram ativamente (*sic*) examinadas pelo Arquivo do Ministério, que estima que 530 delas apresentam um real interesse do ponto de vista monumental ou pitoresco e poderão fazer parte de nossas coleções. As restantes, que contêm defeitos ou que são inteiramente estranhas à arte, serão destruídas, a menos, contudo, que o senhor as queira de volta (Arquivo da Biblioteca do Museu do Homem).

O exame das fotografias esteve, provavelmente, mais dirigido pela pressa do que pela atenção. Não compreenderam nada. Ao caráter *pitoresco*, Clérambault opõe o caráter "estritamente analítico" ou até mesmo tecnológico de seu estudo dos drapeados. Na Escola de Belas Artes, Clérambault propõe introduzir a roupa na pintura orientalista, esperando também suscitar uma escultura orientalista:

> [...] todos esses efeitos cujos protótipos foram fixados por minhas imagens fotográficas [...] não foram ainda percebidos pelos Artistas Orientalistas como Temas de Arte; ou, ao menos, esses não foram reproduzidos por eles, por falta de uma certa preparação, ou seja, por falta de conhecimento da contextura de uma Vestimenta *determinada* e também por não se esforçarem por analisar *nenhum tipo* de Vestimenta. Ora, julgo estar levando diretamente aos Artistas essa iniciação que lhes falta (Clérambault, carta de candidatura, em *Inauguration*...).

As primeiras conferências ocorreram nos dias 13 e 25 de março de 1924. Seus agradecimentos são dirigidos, inicialmente, a Léon Heuzey, o mestre da vestimenta antiga, cuja viúva assiste à primeira conferência. Clérambault compôs seu público através de convites de cunho "estritamente pessoal". Seria fastidioso reproduzir toda a lista, mas é interessante observar alguns títulos ligados aos nomes daqueles que Clérambault espera que sejam os interlocutores de sua pesquisa. Destacamos o ministro de Belas Artes e todos os professores da Escola Nacional de Belas Artes a cujos dados teve acesso, bem como o administrador da Escola; vários membros do Instituto, professores da Politécnica, professores da Escola de Línguas Orientais da qual Clérambault tinha sido aluno; personalidades da Sociedade de Antropologia, diretores de ministérios relacionados com o Ministério de Assuntos Estrangeiros, sobretudo na África, os diretores do Escritório Marroquino e do Escritório da Tunísia, o diretor das artes indígenas para o Marrocos, M. de la Nézière.[15] Clérambault absteve-se, explicitamente, de convidar seus colegas mais próximos da Enfermaria.[16] Entretanto, ele lhes informa, posteriormente, a respeito do evento. Ele publica um anúncio de suas conferências no *Encéphale*, que se diz "o Informante dos Alienistas e Neurologistas". O mesmo texto (com acréscimo de um parágrafo) aparece na *Presse médicale*, em junho, com o título "Aviso aos médicos artistas". Cada palavra é pesada: Clérambault anuncia, ao mesmo tempo, o conteúdo, o objetivo de sua pesquisa, a razão de seu interesse e o seu método. Nesse último parágrafo do texto da *Presse médicale* (que não está no do *Encéphale*), Clérambault solicita a seus "confrades das colônias" que lhe "enviem fotografias acompanhadas de comentários".

CONVOCAÇÃO AOS MÉDICOS ARTISTAS

O Dr. Clérambault, médico-chefe da Enfermaria Especial dos alienados, junto à Chefatura de Polícia, iniciou, nos dias 13 e 25 de março de 1924, na Escola Nacional de Belas Artes de Paris, um ciclo de conferências sobre a *Vestimenta drapeada árabe*. Esse ciclo constitui uma inovação não apenas do ponto de vista artístico mas também do ponto de vista antropológico.

Não existe, em nenhuma língua, nem um tratado nem uma série de monografias que possam fornecer os elementos para um tal ciclo; nosso confrade utiliza apenas suas pesquisas pessoais.

Nosso confrade vem empreendendo, desde 1910, a documentação metódica de todas as formas do drapeado atualmente ainda em uso, bem como sua análise e classificação; ele subdivide seu tema em anatomia descritiva, anatomia comparada, organografia e fisiologia; o termo embriologia seria perfeitamente justificado. O drapeado obedece a leis mecânicas e biológicas; ele admite métodos gerais e variantes; é suscetível de classificação, à maneira dos seres vivos; o espírito que seu estudo comporta é, assim, exatamente o das Ciências Biológicas.

As vestimentas drapeadas estão em vias de desaparição. Nossos confrades das colônias fariam um trabalho útil ao recolherem, desde agora, documentos, não apenas pitorescos, mas estritamente analíticos, sobre os drapeados que caracterizam as regiões onde estão estabelecidos.

Seria útil centralizar os documentos. O Dr. Clérambault ficaria agradecido àqueles confrades das colônias que quisessem lhe enviar fotografias acompanhadas de comentários (terminologia geral e local, modo particular de colocação do drapeado no corpo, movimentos de mão, tradições, variantes, área de abrangência, etc.).

N.B. – Enfermaria Especial, junto à Chefatura de Polícia: 3, quai de l'Horloge, Paris.

La Presse médicale, n. 48, Paris, Masson, 14 de junho de 1924]

Ele dá mais duas outras conferências, em 1925, nos dias 16 e 23 de maio. Depois, nos dias 29 e 31 de maio de 1926, ocorrem as duas últimas conferências de Clérambault na Escola Nacional de Belas Artes. Dessa vez, Clérambault convida alguns dos colegas médicos dos hospícios: Trénel, Dumas, Wallon, Brouardel, Mignard, Sérieux, Capgras, Julien Weill, Berty-Maurel fazem parte da lista. Ora, Clérambault sabe, na ocasião dessa última sessão, que ele vai ser, em breve, dispensado da incumbência. Ignora-se por qual motivo.[17] Apesar do sucesso, atestado pela reunião de um público importante, o fracasso é mortificante.[18] A necessidade da análise para ensinar os pintores orientalistas a drapear seu modelo, a promoção da beleza do drapeado árabe em confronto com o vestuário antigo, notadamente o grego, ou a de uma escultura orientalista não é retomada por nenhum artista, por nenhum aluno da Escola de Belas Artes. Excetuando-se o anúncio de 1924, Clérambault não publica nenhum texto sobre o drapeado durante esse período, o qual assinala um momento culminante. Seu ensino, subentendido por uma doutrina que é elaborada no momento mesmo em que ele se desenrola, como o demonstra a "convocação aos artistas médicos", consiste, em boa parte, de "apresentações".

> Nosso ensino (março de 1924) baseou-se na apresentação de fotografias, de numerosos manequins em madeira e de quatro manequins vivos, dos quais três mulheres. Os modelos foram drapeados várias vezes, decompondo-se seus movimentos, e o paralelismo de seus gestos ajudava a compreensão de sua ação, assim como, em seguida, o paralelismo de seus contornos ajudava à dos resultados (CLÉRAMBAULT, *Inauguration...*).

Essa encenação dos manequins vivos não deixa de evocar a apresentação de doentes que ocupa um lugar essencial na prática do alienista Clérambault. Vinte e dois textos, dos 141 classificados por J. Fretet, na *Œuvre psychiatrique*, são de resumos de apresentação de doentes (CLÉRAMBAULT, 1942).[19]

Tecnologia

Clérambault acusa esse fracasso na Escola de Belas Artes. Ele passa, como consequência, a se dirigir a um novo público. A Sociedade de Etnografia, presidida por Louis Marin, será, doravante, o quadro mais acolhedor e, digamos, mais "científico" no qual ele vai apresentar seus resultados. Ele não está obrigado a limitar sua contribuição ao estudo da vestimenta árabe. Em janeiro de 1928, ele responde do ponto de vista da psiquiatria ou, diz ele, da biologia, a uma intervenção de Louis Marin, sobre o ritmo e a versificação, para uma curta exposição magistralmente improvisada sobre a repetição (CLÉRAMBAULT, 1928, p. 123-128).[20]

Clérambault começa a publicar artigos, sem ilustrações, sobre o estudo do drapeado apenas a partir de 1928, como consequência de suas conferências na Sociedade de Etnografia. A publicação inicial é sua "Classificação das roupas drapeadas" (conferência pronunciada na sessão de 5 de maio de 1928). Esse texto aparece não apenas na *Ethnographie*, mas também no *Journal Officiel*. Trata-se, para Clérambault, de dar à sua nomenclatura um caráter oficial "provisoriamente necessário para progredir". Ele anuncia a publicação, em breve, de uma tabela de análise. Esse curto artigo publicado com menos de quatro páginas não é senão a introdução e a conclusão de sua conferência (que comporta 22 páginas). Mas encontramos aí a quintessência de uma "Exposição do método":

> Uma roupa drapeada deve ser definida pelo esquema de sua construção. Esse esquema é fornecido por três ordens de elementos: 1. o ponto de apoio principal; 2. a movimentação de tecido que tem início nesse ponto; 3. os nomes das partes do corpo envolvidas, e a forma de seu ajuste. [...] As duas primeiras ordens de dados (ponto de apoio e movimentação de tecido partindo desse ponto) determinam a classificação. Esse ponto de apoio e essa movimentação são, geralmente, iniciais, com poucas exceções.

A orientação de sua pesquisa afirma-se, assim, cada vez mais, como *tecnológica*. A revista *L'Ethnographie* acolhe seus trabalhos em

1931, sob a rubrica "tecnologia". No curso das conferências feitas na Sociedade, Clérambault continua a se servir de manequins em madeira para suas apresentações (CLÉRAMBAULT, 1931). [21] No dia em que o doutor Montandon, de retorno de sua expedição aos povos Ainu, no povoado de Nieptani (costa meridional da Ilha de Hokkaido, Japão), apresenta à Sociedade de Etnografia um tear portátil que não conseguia fazer funcionar (MONTANDON; CLÉRAMBAULT, 1932), Clérambault, o especialista tecnológico da tecelagem, é convocado em seu socorro. Ele não apenas conhece os termos tecnológicos para descrever o aparelho (cuja fotografia é publicada no número seguinte), como sabia utilizá-lo.

> O tear ainu que o doutor Montandon apresenta é um tear sem moldura nem montantes, os quais, em vez de sustentarem os fios, é por eles sustentado. Poderíamos caracterizá-lo como um tear suspenso ou, em razão de sua mobilidade, como um tear portátil; ele mereceria, sobretudo, o nome de equipamento móvel. Seus órgãos são, de trás para a frente, um cordão de amarração, um bloqueio, um liçarol de sustentação dos liços, uma polia, um pente (MONTANDON; CLÉRAMBAULT, 1932).

Quando Clérambaut se suicida, em 17 de novembro de 1934, deixa inacabada sua pesquisa sobre a vestimenta drapeada. Seus maços de folhas de rascunho em desordem só teria utilidade para ele mesmo. O trabalho de vários anos está condenado à dispersão.

Poderíamos, pois, afirmar que, ao legar suas fotografias, que constitui a parte iconográfica de seu estudo, ao Museu do Trocadéro, Clérambault arriscava uma última tentativa para conservar e fazer chegar à publicação uma metonímia dessa obra inaudita?

Notas

[1] Cf. PAPETTI et al., 1981. Foi feita, de fevereiro a maio de 1990, graças à fototeca do Museu do Homem, na BPI [Blibliothéqye publique d'information] de Beauborg, uma exposição de 160 fotografias originais, seguida de uma exposição itinerante de fac-símiles. Cf. igualmente, sob o título *Gaëtan Gatian de Clérambault, psychiatre et photographe*, um álbum de fotografias, organizado por S. Tisseron e M. Khémir.

Paris: Les empêcheurs de penser en rond, 1990. [A coleção das fotos deixadas por Clérambault estão guardadas, atualmente, no Museu do cais Branly, Paris. (N.T.).].

2. A inauguração da placa ocorreu em fevereiro de 1994. A Praça Gaëtan Gatian de Clérambault, situada em Bourges, tem forma triangular.

3. Essa observação deve-se a Yves Edel, que cita, em apoio, a tese de Clérambault: "Os cortes histológicos dos quais se falará em nossa tese são feitos no laboratório anexo ao pavilhão de cirurgia do serviço do Doutor Picque. O Senhor M. Macé, o conhecido micrófago procedeu ao seu exame, não acrescentaremos um detalhe sequer à descrição feita por ele" (CLÉRAMBAULT, 1903).

4. Também aqui subscrevo uma sugestão de Yves Edel.

5. O primeiro texto é, tanto quanto sei, o da comunicação de Clérambault no 2º Congresso de História da Arte, em 1921, *Introduction à l'étude des costumes drapés indigènes*. Nas atas do Congresso, teria sido publicado apenas um resumo. Agradeço à biblioteca do Museu do Homem a autorização para que eu consultasse seus arquivos. Os textos inéditos que cito aqui provêm, na maior parte, dessa fonte. Excetuando-se um anúncio das conferências de 1924, os textos publicados têm data posterior a 1928.

6. Com a caligrafia de Clérambault *in extenso*, na página que cobre o manuscrito. Embora as duas pesquisas não tenham relação explícita, Clérambault mostra, ao mencionar sua função na Enfermaria, que há, para ele, uma coerência.

7. Os textos de Clérambault estão recheados de palavras e expressões comuns grafados com iniciais maiúsculas. Era uma das características distintivas de seu estilo de escrita. Essa preferência foi respeitada ao longo de todas as traduções da presente edição. (N.T.).

8. Excetuando-se o texto póstumo "Lembranças de um médico operado da catarata", que, embora retomado na *Œuvre psychiatrique* (p. 821), tem um *status* um pouco diferente por causa de sua referência autobiográfica explícita.

9. Ele o encontra: esse caso é o objeto de uma comunicação à Sociedade Clínica de Medicina Mental, sob o título "Dépit érotomaniaque après possession", *Œuvre psychiatrique*, p. 373.

10. Essa expressão, *fenômeno de automatismo*, é de Clérambaut. Lacan fala de fenômeno elementar, mas para ele, qualquer delírio já está incluído no fenômeno elementar.

11. Desprovido de ideia, tema ou conteúdo. (N.T.).

12. Livraria especializada em medicina. (N.T.).

13. Em sua carta de candidatura, de 25 de outubro de 1925, a Paul Léon, Clérambault escreve: "Penso publicar, em dois ou três anos, um *Tratado da Vestimenta Árabe*". Por outro lado, em novembro de 1934, Lucien Vogel contará ao jornal *L'œuvre* que tinha a oferta de publicar um livro sobre o drapeado para o qual Clérambault já

tinha tirado dez mil fotografias. Descontando-se o exagero jornalístico (acréscimo de um zero à cifra real), tem-se um testemunho adicional de seu interesse em publicar suas fotografias, assunto sobre o qual Clérambault não fazia qualquer mistério.

[14] Longa peça retangular de tecido que as mulheres muçulmanas vestem como se fosse um casaco, por cima das outras peças do vestuário e que pode servir para ocultar a parte inferior do rosto (dicionário *Le Grand Robert*). (N.T.).

[15] No ano seguinte, o marechal Lyautey fará parte dessa lista.

[16] Na verdade, ele destaca esse fato numa carta a Laguillermic, inédita.

[17] Lucien Vogel, no mesmo artigo da *Œuvre psychiatrique* fala de "cabala de professores que achavam imoral que um ciclo especial de conferências fosse dado por um professor que não havia passado pelas vias ordinárias", confirmando o que diz Elizabeth Renard. Mas essas explicações são insuficientes.

[18] Cf. a carta que Clérambault envia a seu protetor, Paul Léon. Carta inédita, mas longamente citada por Renard (1922, p. 91-92).

[19] Observamos, por outro lado, 80 discussões sobre comunicações, 13 artigos originais, dez comunicações, a tese, um relatório, uma carta, um resumo, um texto em colaboração e o texto *in memoriam*, "Lembranças de um médico operado da catarata".

[20] Cf., nesse mesmo número de *L'Ethnographie*, a página 177. Pode-se observar uma outra correspondência no artigo de 1929 "Du tissage comme mode de travail pour les malades", *La Presse Médicale*, republicado por J. Frétet, na *Œuvre psychiatrique* (p. 818).

[21] Clérambault expõe, aí, resultados que contradizem as teses daquele que ele, até então, admirou como seu mestre: Léon Heuzey. A vestimenta árabe fez com que ele realizasse descobertas suscetíveis de renovar as concepções que se faziam antes dele sobre a vestimenta antiga.

Referências

CLÉRAMBAULT, G. G. de. *Contribution à l'étude de l'othématome, pathogénie anatomopathologique et traitement*. Tese (Doutorado em Medicina.) – Paris, 1899. (Publicada em *Chirurgie des aliénés*, coletânea de trabalhos, t. 2. Paris: Masson, 1903.)

CLÉRAMBAULT, G. G. de. Introduction à l'étude des costumes drapés indigènes. In: 2º Congresso de História da Arte, 1921.

CLÉRAMBAULT, G. G. de. Avis aux médecins artistes. *La Presse Médicale*, Paris n. 48, 1924.

CLÉRAMBAULT, G. G. de. Classification des costumes drapés. *L'Ethnographie*, n. 17-18, 1928. (Republicado em *Journal Officiel de la République française*, ago. 1928.)

CLÉRAMBAULT, G. G. de. Recherches technologiques sur le drapé. I. Un équivalent non décrit de la fibule: Noyau inclus ligaturé. Il L'ourlet festonné dans la draperie grecque. *L'Ethnographie*, n.23, 1931.

CLÉRAMBAULT, G. G. de. *Œuvre psychiatrique*. Organização de Jean Frétet. Paris: PUF, 1942. (Reeditada por Frénésie, 1987.)

CLÉRAMBAULT, G. G. de. *Inauguration d'un cours*. Rascunho de anúncio, inédito.

MONTANDON, Georges; CLÉRAMBAULT, G. G. de. Um métier à tisser chez les Aïnou. Comunicação de 7 de maio de 1932. *L'Ethnographie*, Paris, n. 25, 1932.

PAPETTI, Y. et al. *La passion des étoffes chez un neuropsychiatre, G. G. de Clérambault*. Paris: Solin, 1981.

RENARD, Elisabeth. *Le docteur Gaëtan Gatian de Clérambault, sa vie et son œuvre, 1872-1934*. Tese de 1942. Reed. Paris: Les empêcheurs de penser en rond, 1992.

[Originalmente publicado em *Revue du Littoral*, n.41, novembro de 1994, p. 151-166, sob o título "Analytique du drapé. Les photographies de Clérambault". Agradecemos à revista a autorização para transcrevê-lo na presente coletânea.]

[Danielle Arnoux é psicanalista francesa, autora do livro *Camille Claudel. L'ironique sacrifice* (Epel, 2001).]

Classificação das roupas drapeadas

O Sr. Doutor G. de Clérambault, da Enfermaria Especial da Chefatura de Polícia, apresenta uma *Classificação das roupas drapeadas*, compreendendo:

I. A Exposição do Método

Uma roupa drapeada deve ser definida pelo esquema de sua construção.[1] Esse esquema é fornecido por três ordens de elementos: 1. o ponto de apoio principal; 2. a movimentação de tecido que tem início nesse ponto; 3. os nomes das partes do corpo envolvidas, e a forma de seu ajuste. Exemplo: "drapeado escapular espiral, corpo e cabeça; manga esquerda postiça, acabamento cefálico com reposição".

As duas primeiras ordens de dados (o ponto de apoio e a movimentação de tecido que parte desse ponto) determinam a classificação. Esse ponto de apoio e essa movimentação são, geralmente, iniciais, com poucas exceções. No caso de vários apoios importantes, a determinação do apoio principal pode ser discutida; o drapeado é, então, resultado de uma composição e deve ser, para maior segurança, classificado duas vezes.

Lista dos pontos de apoio. – Cabeça, pescoço. Ombros. Tórax. Quadris.

Lista dos movimentos geradores. – 1. Por caimento; 2. anular; 3. espiral.

Subdivisões desses mesmos movimentos. – 1. Simples e complexo (erguido, atirado, afastado); 2. horizontal, vertical, oblíquo; 3. bilateral simples, bilateral cruzado.

Métodos gerais. Variantes. Adições – Reiterações facultativas. Retornos ascendentes. Viradas do avesso. Arremessos. Torções. Voltas totais. Mangas postiças. Acabamentos cefálicos e outros. Rebatimentos parciais. Sustentações autógenas (voltas parciais, torções, nós). Sustentações adventícias (broches, ligaduras, suspensórios, presilhas, cintas).

II. Quadro sinótico dos Drapeados fundamentais

1. Cefálicos. 2. Cervicais. 3. Escapulares. 4. Torácicos. 5. Pélvicos.

Quadro dos drapeados mistos, especialmente dos drapeados escápulo-torácicos.

Subdivisão dos grupos anteriores (resumo impossível).

Redução de cada grupo a um diagrama; mesma redução para cada uma das subdivisões; mesma redução para cada forma mista.

Nomenclatura baseada nesses diagramas. Protótipos extraídos da estatuária ou de documentos conhecidos.

III. Dados inéditos

Formas inéditas entre as formas enumeradas: diferentes *reddas*, *tqouisa*, *tastaout*, diadema do tipo *stéphané*, alguns drapeados escápulo-torácicos.[2]

Assimilação do *stéphané* tebano e copta a um drapeado (protótipo ainda existente).

Considerações inéditas acrescentadas ao paralelo clássico entre o Peplo e o Izar.[3]

Paralelo inédito entre o drapeado espiral complexo (fórmula árabe) e o drapeado espiral simples (fórmula greco-romana).

Considerações inéditas sobre a echarpe de Ísis.

Redução da toga consular a um diagrama mnemônico, ele próprio composto de dois esquemas; mesma redução para a toga imperial; parentesco ao menos mecânico entre as duas e as echarpes de Diana, uma echarpe etrusca, um xale caldeu e uma forma do xale espanhol.

IV. Comentários

De todos os pontos de apoio possíveis, apenas dois são realmente importantes: ombros e quadris. De todos os dispositivos, apenas dois adquiriram vastas proporções, complicando-se e chegando ao máximo da estética: o drapeado espiral escapular e o drapeado espiral pélvico. Um deriva da nébride,[4] o outro, da tanga. Na maioria dos povos primitivos, nébride e tanga coexistem; no decorrer do tempo, tanto a nébride quanto a tanga tornam-se predominantes e evoluem para o drapeado espiral.

O drapeado escapular espiral pertence a todos os lugares e a todas as épocas; trata-se de um drapeado universal. Atingiu seu apogeu nos meios greco-romanos e islâmicos, ou seja, no mundo mediterrâneo.

Ao contrário, a espiral pélvica não se desenvolveu a não ser em certas épocas e em certos meios: Assíria antiga, Egito antigo, Índia atual e mundo malaio. Assim, as áreas de predomínio das duas fórmulas são, uma, mediterrânea, a outra, espalhada em torno do Oceano Índico.

2. Os drapeados cefálicos têm por origem não apenas a proteção contra o sol, mas também contra a poeira e o atrito da ânfora. Daí, talvez, sua predominância no drapeado feminino.

Um drapeado cefálico em forma de diadema e capaz de ser instantaneamente tirado e recolocado deve estar na origem do cilindro acolchoado e costurado ao *credémnon*,[5] tal como o portavam as mulheres tebanas (Tanagra) e as mulheres coptas (múmia de Taís).

Os acabamentos cefálicos de certos drapeados árabes femininos não são nada mais que o acréscimo da reprodução de um drapeado de cabeça autônomo (*redda*, *tqouisa*, etc.), utilizado na região, à fórmula geral espiral. Os drapeados de cabeça autônomos são rurais; o drapeado espiral geral, com acabamento cefálico especial, é geralmente citadino.

3. Os drapeados circulares simples prosperam sobretudo em duas regiões: África negra e Malásia. São especialmente femininos. As razões disso são, talvez, a forma do tórax feminino, o hábito de uma atadura submamária, o trabalho no pilão, o transporte de objetos às costas, os tecidos estreitos.

Da junção do esquema do círculo com o esquema do colar (o primeiro, torácico; o segundo, escapular) resultou um outro esquema (diagrama em laço) que se tornou, por sua vez, gerador de várias outras e importantes formas: a toga consular, a toga imperial. Essas duas formas, que parecem muito complexas, não passam de um diagrama em laço seguido de um aditivo espiral. A noção de diagrama em laço possibilita que se esclareça a sua gênese e que se as situe num contexto mais amplo, retirando-as de sua situação de isolamento. Essa noção permite ligá-las a outros drapeados que pertencem seja à mesma civilização (echarpes etruscas, echarpe das divindades conhecidas como *Lares* e dos *camilli*[6]), seja a outras civilizações (drapeado caldeu feminino, xale espanhol, manto escocês).

A questão sobre qual esquema, círculo ou colar detém a primazia no desenvolvimento do diagrama em laço continua sem solução. Houve, talvez, fusão dos dois sistemas, há muito separados, mas vizinhos, em vez de um desenvolvimento inteiramente autônomo de um deles em detrimento do outro.

Num certo número de tribos (África e Índia), o vestuário tem sido, recentemente, importado e, até mesmo, imposto; o tipo de arranjo adotado pode contrastar com os tipos contíguos.

Formas raras ou complicadas podem ser esporadicamente encontradas em regiões inesperadas, formas que, entretanto, são ainda tradicionais.

4. A classificação mecânica dos drapeados mantém em aberto a discussão sobre a sua fórmula genética.

Não apresentamos um recenseamento, mas quadros classificatórios e uma tentativa de nomenclatura provisória, mas provisoriamente necessários para se poder avançar. O complemento desses quadros seria uma tabela analítica; publicaremos, em breve, uma tabela desse tipo. Suas grandes subdivisões serão: 1. métodos gerais; 2. variantes; 3. organografia; 4. fisiologia (correlação, adaptações, modo de operação de cada uma das partes); 5. descrição, sob todos os pontos de vista (signaléticos, industriais e comerciais), do tecido empregado.

É urgente fazer o recenseamento e o sumário de todos os drapeados ainda existentes. Os arranjos tradicionais se simplificam, se abastardam ou desaparecem. As fotografias feitas sem objetivo analítico raramente permitem reconstituir um determinado arranjo. Apenas tabelas analíticas bem elaboradas permitirão descrições que sejam: 1. completas; 2. concisas; 3. comparáveis entre elas. Elas estabelecerão, de fato, uma colaboração entre pesquisadores dispersos e de diferentes formações.

Notas

Todas as notas são do tradutor.

[1] Aparentemente, o presente texto não é da lavra de Clérambault. Parece tratar-se de uma ata ou registro de uma palestra feita pelo psiquiatra numa reunião da Sociedade Etnográfica de Paris, conforme indicam as informações que acompanham o texto: "Reunião da Sociedade Etnográfica de Paris, sábado, 5 de maio de 1928, presidência do Sr. Louis Marin, Presidente." Algumas expressões ("resumo impossível") confirmam que a redação é de alguém que foi encarregado de tomar notas da palestra de Clérambault.

[2] Na impossibilidade de rastrear essas palavras (*reddu, tyouisa, tastatout*) a suas origens árabes, conservei as grafias resultantes da transliteração francesa efetuada por Clérambault. Como fica evidente mais adiante, no texto, trata-se de panos especialmente arranjados para serem usados para cobrir a cabeça. Quanto a *stéphané* (coroa ou diadema feito de ramos de árvores ou de tecido), Clérambault utiliza aqui uma palavra de origem grega, conhecida no contexto de estudo da arte grega antiga,

para dar uma ideia de um dispositivo semelhante utilizado pelos povos árabes a que está se referindo.

[3] Segundo o dicionário *Houaiss*, "peplo" é "uma variedade de túnica feminina de tecido fino, sem mangas e presa ao ombro, usada na antiga Grécia. Já "izar", item básico do vestuário árabe tradicional, é uma longa e volumosa peça de tecido enrolado em torno de todo o corpo. Mais estritamente, pode se referir também a uma peça de tecido amarrada em torno da cintura, destinada a cobrir a parte inferior do corpo. Como é de seu estilo, Clérambault grafa, também aqui, as duas palavras com iniciais maiúsculas.

[4] Pele de gamo de que se cobriam as bacantes (dicionário *Aulete*).

[5] Na Grécia Antiga, peça do vestuário utilizada seja como uma espécie de véu cobrindo o rosto, seja como uma espécie de turbante enrolado em volta da cabeça.

[6] Plural da palavra latina *"camillus"*, menino ou menina que, na Roma Antiga, exercia a função de ajudante da noiva nas cerimônias de casamento. A denominação era dada também a crianças que, na mitologia romana, eram representadas como ajudantes de certas divindades (HERSCH, Karen K. *The Roman Wedding. Ritual and Meaning in Antiquity*. Cambridge: Cambridge University Press, 2010, p. 159).

[A presente tradução baseou-se na versão publicada em Yolande Papetti *et al. La passion des etoffes chez un neuro-psychiatre*. Paris: Solin, 1981, p. 49-52.]

Pesquisas tecnológicas sobre o drapeado

Gaëtan Gatian de Clérambault

I. Um equivalente não descrito da Fíbula: Núcleo Envolvido, com Ligadura

1. A fíbula sustenta por transfixação; o nosso dispositivo sustenta por ligadura. Tome dois pedaços de tecido; coloque um por sobre o outro; introduza o dedo indicador sob o pedaço de baixo e, retirando o indicador, dê um nó com um fio, no tufo de tecido de dupla espessura que o indicador havia erguido: os dois pedaços de tecido ficarão solidamente unidos. Para impedir que o tufo deslize ao longo do nó assim formado, preencheremos a sua cavidade, antes de dar o nó, com uma bolinha ou qualquer outro objeto redondo que ficará preso pela ligadura.

Esse dispositivo é empregado, em todas as regiões da África do Norte, para a contenção da vestimenta chamada *Izar* ou *Mlahfa*,[1] pelas mulheres pobres do campo ou da cidade, substituindo os dois broches chamados *Bzaïm* ou *Khellalat*, estando situado, tal como esses broches, no alto do peito, ligando a parte traseira e a parte dianteira da *Mlahfa* ou do *Izar*.

Às vezes, o véu assim fixado é a única vestimenta; às vezes funciona como uma vestimenta sobreposta, com um cafetã por baixo. Esse dispositivo substitui, quase sempre, os *Bzaïms* nas meninas.

O nó é dado com um fio de lã, para não cortar o tecido. O núcleo é proporcionado por um pequeno seixo redondo, uma semente, um caroço de fruto (exemplo: caroço de jujubeira) ou, melhor ainda, um floco de lã. Observemos que o tufo de tecido apertado em torno do núcleo perde o caráter de tufo para assumir o de botão esférico. O conjunto poderia ser chamado, por seu aspecto, de botão postiço e, por sua estrutura, de núcleo amarrado; mas a definição completa seria: tufo de tecido de dupla espessura, com núcleo e ligadura. Esse dispositivo apresenta numerosas vantagens. Os seus elementos são encontrados em qualquer lugar e não custam nada; é prontamente confeccionado; não estraga, ou estraga muito pouco, o tecido; enfim, não corre o risco de ferir a mulher nem a criança que ela aleita.

A área de abrangência desse dispositivo coincide com a área de abrangência da fíbula, parecendo, na verdade, excedê-la, uma vez que não exige, para ser produzido, nenhum tipo de indústria.

Embora mais recente, sem dúvida alguma, que o espinho primitivo, não é possível, entretanto, que nele tenha sua origem, devendo ter se desenvolvido ao mesmo tempo que a fíbula. Infelizmente, não é provável que a pré-história possa algum dia encontrar vestígios de seu emprego, uma vez que os seus elementos são demasiadamente perecíveis e falta-lhes uma forma específica. Entretanto, a descoberta, repetida, numa tumba, de duas bolinhas no lado direito do peito (da mesma forma que se encontraram fíbulas ou alfinetes) permitiria pensar que os sujeitos tivessem usado nossa ligadura. Muito certamente, a área de abrangência no tempo, exatamente tal como no espaço, coincide com a área de abrangência da fíbula e talvez mesmo a exceda: mas é impossível prová-lo.

2. O mesmo dispositivo pode talvez ser usado em outros pontos do corpo. Pode, por exemplo, dar uma forma de barrete ao véu para a cabeça, contribuindo, assim, para sustentá-lo: assenta-se, nesse caso, contra uma das têmporas. Em certos documentos, pareceu-nos reconhecê-lo exercendo, além disso, a função de prender ao queixo o véu para a cabeça. Seria oportuno pesquisar todas as suas aplicações no drapeado e fora dele, em

todas as populações primitivas: nômades de todos os continentes, montanheses do Himalaia, Araucanos e outros índios que utilizam alfinetes compridos (*toupou*).

Seria oportuno pesquisar também se a junção das diferentes partes das vestimentas de pele maleável e finas dos Herreros, dos Massaïs, etc. são, às vezes, obtidas por esse mesmo procedimento, menos brutal que uma perfuração, mais expedito que uma costura.

Esse dispositivo também apresenta variantes, ou melhor, formas incompletas. Para descrevê-las, decomponhamos o dispositivo em seus elementos: dois tufos de tecido, encaixe de um tufo no outro, ligadura por aplicação de um nó, núcleo envolvido pelo tufo.

Dois tufos de tecido formados separadamente e contendo, cada um deles, um núcleo podem constituir, em separado, ligaduras, sendo depois aproximados e amarrados juntos. Cada núcleo é, então, envolvido apenas por um tecido. O aspecto é de dois botões esféricos justapostos.

Os mesmos dois botões postiços podem ser ligados, à distância, por um cordão de alguns centímetros, sem que as duas bordas de tecido assim conjugadas se toquem. Esse procedimento permite utilizar um tecido bastante curto ou evitar uma saliência demasiadamente grande quando o tecido é muito espesso. Vimos esse dispositivo sendo utilizado, excepcionalmente, por mulheres da parte sul da Tunísia e, de maneira habitual, por homens dos Matmata (1912). Esses últimos drapeavam seus espessos tecidos (do tipo de nossas coberturas de cavalo) de acordo com o tipo Escapulário Oblíquo, com ligadura na frente do ombro esquerdo; a ligadura era efetuada por um cordel que ligava dois tufos colocados sobre as bordas das duas partes, a da frente e a de trás.

Vimos também (região de Marrakech, 1919) um botão postiço, assentado sobre a parte da frente, que ficava preso a uma alça de fio fixada na parte de trás ou, ainda, o botão postiço era ligado por um cordão curto à aresta da parte de trás, esticado para formar uma lingueta e atado para impedir o cordão de deslizar: fixação bem menos segura que um segundo botão postiço.

Essas formas individuais e passageiras têm por interesse nos mostrar como pôde nascer, de forma gradual, a ideia do mais perfeito dos dispositivos. Junção à distância, insuficiência do núcleo, insuficiência do tufo vazio, núcleo envolvido num nó ou numa concavidade do tecido; em seguida, dois núcleos alinhados ou justapostos; depois, ainda, os dois tecidos se encaixando por sobre um único núcleo: tais devem ter sido as etapas da gênese da forma perfeita.

[...]

N.B. – O autor, com o auxílio de dois pedaços de tecido, de uma bolinha e de um fio de lã, demonstra a confecção do botão postiço berbere.

Ele apresenta dois manequins em madeira, de 30 centímetros, um vestindo a *mlahfa* azul do sul da Tunísia, com *bzaïm*; o outro, vestindo o peplo grego, com dois botões postiços subescapulares em vez de fíbulas.

Um terceiro manequim, portando a vestimenta de Ísis (forma uniescapular, com ligadura peitoral típica), revela, nitidamente, à análise, todos os detalhes que diferenciam um tufo feito de ligadura de um verdadeiro nó; e a demonstração se conclui por uma simples tração sobre o tecido, que tira o tufo de sua ligadura, enquanto que, pela mesma tração, um nó teria se tornado mais apertado.

Conclusões

Além da fíbula e respondendo às mesmas necessidades que ela, existe, como vimos, um outro meio de junção dos tecidos. Trata-se de um nódulo por ligadura em uma ou em duas camadas de tecido, e que se poderia chamar de nódulo com ligadura, nódulo envolvido, ou ligaduras com envolvimento, ou botão postiço.

O tipo mais perfeito desse dispositivo (nódulo envolvido nas duas camadas) é, atualmente, utilizado pelos Berberes da África do Norte e por muitas outras populações. Ele serve, mais particularmente, para fixar o *izar* e a *mlahfa* e é colocado nos mesmos pontos que a fíbula.

Esse dispositivo, frequentemente reconhecível em fotografias comuns, nunca tinha sido, tanto quanto sabemos, comentado nem sequer assinalado.

Ele deve ter um lugar na lista das descobertas do espírito humano. Teria um lugar na pré-história se a própria matéria de que é feito não dificultasse, em princípio, a identificação do que dele restou.

II. A ourela afestoada na Vestimenta Grega

1. Diz-se frequentemente que os Gregos não permitiam, em geral, franjas em suas vestimentas. Mas como as franjas, sejam elas livres, sejam amarradas (ou trançadas ou reticuladas, etc.), têm, entre outras funções, a de impedir o tecido de se desfiar, caso se rompam, torna-se necessário fixar as últimas fileiras da trama; e, dentre todos os procedimentos, o mais simples é a ourela.

O mestre da roupa antiga, o ilustre Heuzey, nega, formalmente, com base em razões extraídas da estética, a possibilidade de que os gregos tenham feito uso de ourelas (*Histoire du Costume Antique*, p. 19, 34).

Ora, o exame de certos baixos-relevos e estátuas pertencentes ao Museu do Louvre nos mostra que há, nas vestimentas, um risco que corre paralelo a uma borda e que só pode indicar, *a priori*, que havia ali um debrum ou uma ourela; no caso em que dois riscos desse tipo chegam até a uma aresta, um dos dois, ao menos, é uma ourela (pois dois debruns nunca podem ser adjacentes). Observam-se, assim, frequentemente, na escultura greco-romana, ourelas lisas.

2. Mas uma outra forma de ourela é observada, na estatutária grega, ao longo das bordas finais (ditas também bordas transversais, ou bordas de trama) dos *himátions*, dos peplos, das *caliptras* e das clâmides.[2] Essa ourela se caracteriza pela existência de um arremate afestoado uniforme ao longo da borda livre, por um espessamento marginal do tecido e por uma intumescência marcada de cada lóbulo[3] em particular. Em outros termos, a borda de trama é constituída por uma fileira cerrada de diminutas convexidades iguais entre elas, cada uma igual ou inferior a um semicírculo, intumescidas no sentido da espessura (lembrando, assim, o lóbulo da orelha); as bases de um par de lóbulos se tocam, não havendo concavidades intercalares; tem-se a impressão de um tecido repuxado a intervalos regulares e que reage aos repuxos por intumescências regulares.

Esse dispositivo se manifesta nos *himátions* e nos peplos do baixo-relevo das Panateneias, nos peplos da Palas Atena com Colar, nos peplos da Palas Atena de Velletri, etc. Constatamos o dispositivo também, mas com uma variante, numa clâmide do baixo-relevo dito de Tasos (Apolo e as Musas). Esse dispositivo é bastante nítido para poder ser identificado não apenas nas fotografias de grande formato, mas também nas gravuras antigas de pequena escala, tal como são encontradas nos livros mais clássicos (nos quais elas não são comentadas) e, coisa curiosa, no livro do próprio Heuzey, páginas 21, 24, 25, 55, 90, 97 e 186, figuras 13, 14, 15, 16, 26, 46, 84, 85, 89. Uma escultura arcaica de Chipre parece exprimir, de maneira menos hábil, a mesma ourela (Heuzey, p. 10, fig. 6).

Bordas análogas a essa ourela antiga são obtidas, em nossa época, por vários pontos: de festão, de botoeira, de presilha, de caseado, de lingueta, etc. Mas essas bordas, sob alguns detalhes, diferem de nossa ourela antiga. Em primeiro lugar, as subdivisões são menos marcadas, menos encurvadas, permanecendo, às vezes, retangulares, sem espessamento e sobretudo sem intumescência. Em segundo lugar, o fio que, prendendo a borda, determina a sequência de lóbulos faz, para passar de um furo a outro, um trajeto a descoberto, seja sobre o próprio vértice dos lóbulos, onde se estende, unindo-se à sua curva, de furo em furo (assumindo, às vezes, o aspecto de passamanes ou de cordão), seja na base desses lóbulos.

Se esse detalhe tivesse existido na ourela grega, teria deixado traço na representação de certas porções de ourelas colocadas em local muito visível e tratadas minuciosamente; isso, sobretudo, no caso de estátua de dimensões não naturais (exemplo: Palas Atenas de Velletri).

Devemos, pois, admitir que o fio fazia seu trajeto, de furo em furo, na própria espessura da ourela. O fio era passado ou por meio da agulha de costura ou por meio da agulha de crochê (mais provavelmente, pela agulha de costura). Nosso atual "ponto de caseado" é executado com a agulha de crochê.

3. A execução parece ter sido como segue. A borda de trama, despojada de suas franjas, era pregueada de preferência duas vezes, para evitar que desfiasse; o fio de costura formava, perpendicularmente à prega, uma presilha que era apertada e reforçada, de acordo com a necessidade, para impedi-la de se afrouxar; o fio, tendo, assim, passado e repassado pelo mesmo buraco, aí entrava uma vez mais, mas agora, em ver de sair pelo outro lado, era transportado, paralelamente à superfície, pela tripla espessura das pregas, para ressurgir no lado direito do ponto de onde devia partir a segunda presilha; o aperto dessa presilha produzia o segundo buraco e atingia o primeiro lóbulo; e o ciclo recomeçava. O diâmetro de cada lóbulo parece que tinha de 10 a 20 milímetros; a profundidade do buraco era igual ou muito levemente inferior ou superior a ele; todas essas medidas deviam ser extremamente variáveis.

Havia um procedimento que podia aumentar a visibilidade da ourela. Tendo conservado todas as franjas do tecido, encurtadas ou não, o procedimento consistia em acomodar essas franjas, enroladas, ao longo da borda e envolvê-las na dobra da ourela.

Assim, a série de lóbulos tornava-se, no conjunto, mais espessa e cada um dos lóbulos, mais ressaltado; assim se explica, em nossa opinião, seu aspecto bastante especial.

[...]

Supomos que entre os gregos as presilhas deviam ser coloridas, sua espessura e seu espaçamento sendo calculados para produzir um efeito decorativo.

[...]

N.B. – O autor apresentou, em apoio de suas asserções, um xale de lã fina, branca, unida, bordada em cada extremidade de uma de duas espécies de ourela grega, executada em fio de lã vermelha. O efeito pareceu estético e bastante conforme ao gênio grego.

O autor apresentou, além disso, um manequim articulado, de 30 centímetros de altura, drapeado num peplo clássico, com peitilho atrás e na frente e abertura lateral direita, as duas bordas de trama do peplo (as que circunscrevem a abertura) estando ornadas com uma pequena ourela festoada, costurada com fio vermelho, bem distinta. Pela primeira vez, desde a antiguidade, uma reprodução do peplo era integralmente exata e reproduzia seu completo efeito.

Notas

Todas as notas são do tradutor.

[1] Na falta de acesso à transliteração dessas palavras árabes para a fonética do português, mantive a transliteração – evidentemente conforme à fonética francesa – adotada por Clérambault.

[2] *Himátion* é uma espécie de capa drapeada, usada na Grécia Antiga. *Caliptra* é um tipo de touca, usada pelas mulheres, na Roma Antiga. As outras palavras estão dicionarizadas.

[3] Como esclarece o próprio Clérambault, a seguir, entenda-se por "lóbulo" cada um dos semicírculos que arrematam uma ourela ou um debrum.

[Originalmente publicado no *Bulletin de la Societé d'Ethnographie de Paris*, 1931. A presente tradução baseou-se na versão publicada em: PAPETTI, Yolande et al. *La passion des etoffes chez un neuro-psychiatre*. Paris: Solin, 1981, p. 52-57. As supressões, assinaladas por "[...]", são dessa última publicação.]

Clérambault: o declínio da mirada

Lembranças de um médico operado da catarata

Gaëtan Gatian de Clérambault

Desconfortos iniciais

Perto dos 55 anos, certos desconfortos oculares que eu sempre tivera começaram a se agravar: as leituras, mesmo quando de curta duração, me cansavam, provocando sensações penosas, com lacrimejamento (cefaleia, sobretudo frontal), enfim, astenia geral, às vezes até mesmo náusea e vertigem; tudo isso parava geralmente, em menos de uma hora, se ficasse em repouso, deitado, os olhos fechados. Um dia sem nenhuma leitura tornava-se, só por isso, um dia de bem-estar; ao despertar, no dia seguinte, estava disposto e alerta.

Para prevenir tais desconfortos, tinha o cuidado de interromper frequentemente as minhas leituras e de me entregar a arrumações ou a pequenos trabalhos mecânicos; mas o rendimento de um programa assim era medíocre, pois nenhum trabalho é frutífero se não tiver uma fase de preparação. Por outro lado, os desconfortos devidos à leitura me deixavam sem vontade de me movimentar, de maneira que eu não era capaz, temporariamente, de outra coisa que não fosse ficar deitado e meditar.

Eu usava, então, para ler, óculos com lentes levemente convexas, que me davam um certo alívio; mas sem o encanto das longas leituras e sem o benefício proporcionado pelas redações feitas de uma só sentada, minha produtividade diminuíra.

Perto dos 57 anos, comecei a ver, com o olho direito, as formas de objetos com modificações estranhas. Seus contornos pareciam não apenas imprecisos, mas também multiplicados. À noite, qualquer ponto luminoso virava constelação: o filamento de uma lâmpada elétrica parecia se multiplicar por cinco ou seis.

Nos letreiros luminosos, cada letra me parecia provida de letras satélites semelhantes, e posicionadas mais ao alto ou mais abaixo, ora nitidamente separadas dela, ora embaralhando-se com ela; algumas vezes, uma ou duas dessas letras eram de uma tal intensidade que, se não fosse por estarem desalinhadas, eu teria dificuldade em distingui-las da imagem verdadeira, sobretudo, no caso de letras estreitas e finas. Os deslocamentos de meu olhar modificavam as relações entre elas e, às vezes, eu fazia disso um jogo.

Durante o dia, sobretudo em casos de contrastes marcados entre luz e sombra, apenas os contornos mais luminosos dos objetos se duplicavam; os contornos claros e irreais me pareciam mais nítidos à medida que encontrassem, para se destacar, um fundo mais escuro.

Um objeto visto com sol raso parecia composto de meridianos entrecruzados, no centro dos quais residia um núcleo escuro; uma bola vista à contraluz parecia uma explosão paralisada: cada explosão conservava sua perfeita forma de fuso, distanciando-se das demais. Uma série de bolinhas que decorava a parte superior de um biombo colocado entre a cama e a janela me parecia uma série de tulipas de cristal esfumaçado, com pétalas dissociadas, mas não dispersas, de maneira que se podia vê-las, umas através das outras, por transparência, com arestas luminosas e obscuridades graduadas, devidas às numerosas intersecções; às vezes, o conjunto dos segmentos lembrava, sobretudo, uma tangerina subdividida, mas uma tangerina translúcida, cujos segmentos vistos uns através dos outros, com arestas curvas brilhantes e intersecções sombreadas, pareciam se sustentar por atração após terem perdido o contato. Cada tulipa ou cada tangerina assim dissociada parecia não mais aderir ao seu suporte, mas estar suspensa por debaixo dele; e sua série parecia estar perfeitamente alinhada com algo de leve e de delicado.

Pela mesma época, tornei-me extremamente sensível aos constrastes luminosos; cada zona iluminada me ocultava as zonas vizinhas. Assim, os móveis colocados ao lado de uma janela se perdiam na obscuridade; fenômeno devido, evidentemente, à difração dos raios, que encontravam lantejoulas opacas à sua passagem, no cristalino.

Por outro lado, o estado de ofuscamento persistia após a impressão luminosa – mais do que na época de minha visão normal; não saberia dizer a razão.

Os grandes globos elétricos me pareciam amplificados cinco ou seis vezes e, além disso, volatilizados, para depois se recondensarem em fios, obviamente incandescentes, sob forma de rosáceas imperfeitas, o mais frequentemente hexagonais, com todas as suas faces côncavas; o campo interior das rosáceas era preenchido por uma confusão de fios luminosos comparáveis aos da palha de aço avermelhada; a irregularidade desse retículo, a desigualdade das faces e a dissimilaridade de suas curvas, o caráter um pouco escaleno de todo o conjunto davam uma ideia das deformações que a natureza, em geral, produz, em suas construções geométricas, como no caso do ouriço ou da estrela do mar, e de muitos outros seres marinhos: a impressão estética se tornava diminuída.

O hexágono de lados côncavos parecia tender a tornar-se estrela; às vezes, tendia a tornar-se um heptágono, por duplicação de um dos lados, sem modificação dos outros; o lado duplicado era sempre o lado inferior esquerdo, e a pequena ponta excedente que o substituía lembrava esse embrião de ramo que se vê, às vezes, entres dois ramos de uma astéria.

Essas imagens luminosas mediam um metro e meio ou mais de diâmetro e estavam, além disso, rodeadas de irradiações finas, retilíneas e bem centradas. Dessas irradiações, umas nasciam junto do hexágono, as outras mais longe, como bissetrizes do ângulo de dois raios vizinhos, e assim por diante. Alguns dos raios eram curtos; outros, longos, certos, contínuos; outros, ainda, interrompidos; todos eram fracamente irisados, mas não uniformemente. Cada raio se encontrava composto de traços coloridos colocados ponta contra ponta, as cores opostas se sucedendo como se sucedem o branco e o castanho nos espinhos de um porco-espinho.

Cada uma das imagens parecia plana; a irradiação da imagem se fazia apenas no plano dessa imagem; quando imagens se sucediam em profundidade, eu tinha a sensação do recuo, mas não do relevo, como acontece diante das traves de um teatro e, às vezes, no estereoscópio. Em suma, não percebia a perspectiva senão parcialmente.

O aspecto noturno dos bulevares e, mais ainda, o dos cais adquiriam um caráter frenético, por causa das luzes multiplicadas, de suas auréolas irradiantes e de sua tendência a se juntarem, seja em cordões, seja em rosáceas; o próprio ar parecia tomado por um pó de luz; a iluminação, desligada quase totalmente de seu quadro urbano, adquiria, por instantes, uma amplitude astronômica.

Ao mesmo tempo, a leitura se me tornava difícil; as linhas de impressão se confundiam numa grisalha; à distância, não podia, algumas vezes, distinguir uma página impressa de uma página em branco; escrevia, lendo para mim mesmo em voz alta, mas não podia ler o que havia escrito; se parasse, por um instante, de escrever, tinha dificuldade de fazer voltar a pena ao lugar desejado para continuar. A escrita à lápis tornava-se invisível para mim. No trabalho, fazia com que lessem para mim todos os fichários; em casa, fazia com que me lessem as revistas ou os livros, procedimento aceitável quando se trata de um texto curto e precioso, mas exasperante quando, ao pesquisar documentos, é preciso passar os olhos por cem páginas por hora, o que ninguém pode fazer por outro.

A utilização de uma lupa, que me permitia leituras curtas, me cansava. A busca de um livro, com a ajuda de uma lupa, nas estantes de uma biblioteca, exigia um tempo excessivo. Na rua, os binóculos me eram de alguma utilidade. Esses paliativos tornaram-se, pouco a pouco, inúteis. Não reconhecia mais as pessoas a não ser após certo tempo, calculava muito mal as distâncias, sobretudo as dos faróis dos carros; não atravessava as ruas a não ser com muita apreensão, esperando, diante das passagens para pedestres, um passante de passo consciente e firme pelo qual eu pudesse regular meus movimentos. Pedia, muitas vezes, a desconhecidos o favor de me ajudar a atravessar a rua.

Em casa, estava exposto a quedas, batia nos cantos dos móveis e nos batentes das portas, deixava cair objetos. Quando colocava algum objeto num lugar, arriscava não encontrá-lo um instante depois, como acontecia, por exemplo, com a caneta sobre a escrivaninha. Utilizava meios mnemônicos e calculava qualquer lugar temporário de qualquer coisa, mas logo esquecia meus meios mnemônicos ou então me lembrava de vários deles e era obrigado, sem ser guiado por nenhuma ideia, a palpar a superfície da escrivaninha; encontrar uma folha de papel no meio de outras tornava-se uma tarefa interminável. Esse estado de perda e de busca que interrompia sem parar meu trabalho e que, no início, me irritava não inspirava mais, ao final, senão um desânimo resignado; tinha pena de mim mesmo.

Minha semicegueira tornava mais fatigante o próprio pensamento, pois no estado saudável, ao sonhar, nos apoiamos ainda no exterior, seja para descansar de nosso pensamento, seja para encontrar esse pensamento; privados dessa ajuda, devemos, por esforço e sem descanso, impulsionar o percurso das ideias ou encontrá-lo; o devaneio é muito menos estimulado na obscuridade total do que diante de uma cena de interior ou de uma paisagem. Nunca sentira antes essa dependência das coisas.

Embora médico, compreendi minha doença muito tardiamente. Em razão das imagens múltiplas (poliopia), achava que sofria de um astigmatismo complicado. Enfim, a diminuição global da visão do olho direito me fez temer uma catarata ou alguma outra lesão mais grave. Finalmente, meu cristalino direito tornou-se visível para mim mesmo, diante de um espelho, e, sob incidências oblíquas da luz, para pessoas que não sabiam do meu problema; diziam-me que eu tinha uma pupila de prata ou uma pupila da cor da lua.

O método de Barraquer

Eu ouvira falar do método de Barraquer. Por esse método (que consiste em extirpar o cristalino com sua cápsula, fixando-a por aspiração), qualquer catarata seria operável desde o início; os dois olhos poderiam ser operados em 15 dias; em suma, a questão da maturação não se colocava e, por outro lado, estava excluída a hipótese de qualquer reincidência, pois não restaria nenhum fragmento do cristalino ou de sua cápsula.

Barraquer força a cápsula do cristalino e, com ela, o cristalino, a aderir a uma ventosa manejada pela ponta de um tubo flexível, no qual, assim que a ventosa é colocada, faz-se o vácuo – relativo e instantaneamente regulável. Mas não é suficiente apreendê-lo, é necessário ainda separá-lo de seu suporte, a zônula.[1]

Ora, essa liberação é efetuada, *ipso facto*, por uma ação suplementar da ventosa graças a um princípio singular. Tome uma tira de tecido e fixe uma de suas extremidades nalgum ponto; exerça uma forte tração sobre sua extremidade livre; a ruptura ocorrerá na sua amarra distal, se a tração exercida for lenta e, na sua amarra proximal, se a tração for brusca e, por consequência, não conseguir se estender a toda a tira. O que vale para uma tração retilínea valerá para uma tração radial, que nada mais é do que um grupo de trações retilíneas.

Como o cristalino não é rígido, no instante em que a aspiração o faz aderir à ventosa, ele se torna mais curvo, diminuindo de diâmetro; como consequência, a zônula é puxada para o centro; e ela se rompe exatamente no ponto de contato com a cápsula que, surpreendida em estado de inércia, não teve tempo de transmitir a tração recebida. Com efeito, a duração dessa tração é da ordem de seis milésimos de segundo; ela se deve à oscilação ultrarrápida da pressão na ventosa, ao ritmo de cerca de seis mil oscilações por segundo.

Em resumo, com o auxílio de uma ventosa vibratória, o cristalino e sua cápsula são, ao mesmo tempo, apreendidos e desligados de sua amarra: apreendidos por simples aspiração e desligados por vibração. A associação desses dois procedimentos é algo genial.

Nenhum dos dois procedimentos conjugados, aspiração e vibração, tinham antes sido utilizado, seja na indústria, seja na medicina. Nem a preensão, pela ventosa, de um corpo sólido, nem a ruptura por vibração eram conhecidas ou suspeitadas, pois não havia problemas mecânicos que pudessem resolver.

A ideia da ventosa aplicada a um cristalino ocorreu a Barraquer, pela primeira vez, quando tinha menos de 25 anos. Cuidando de seu pai doente e observando, num vidro, sanguessugas mantidas como reserva, ele observou que uma delas juntava, no fundo do vidro, pequenos seixos para erguê-los e agitá-los. Ele disse ao pai: "Seria bom poder apreender um cristalino dessa maneira", ao que seu pai respondeu: "Guarda bem essa ideia, estuda-a; tens aí, talvez, uma invenção".

Seduzido, desde o início, pela beleza do procedimento, estudei-o na tese de um confrade francês, o Dr. Cadilhac, de Amiens.

Visitei uma pessoa que tinha sido operada por Barraquer, um membro da ordem dos advogados de Paris, que me permitiu observar suas pupilas, de uma esfericidade perfeita, bem como testar a qualidade de sua visão. Sua mulher me descreveu as duas operações que ela havia presenciado. "O cristalino sai de seu nicho", disse ela, "como um animalzinho, desliza pelo rosto e cai no chão." Ela mostrou, contidos em dois tubos, os ex-cristalinos do marido, que ela conservava com devoção. Compartilhei imediatamente do entusiasmo do feliz casal e saí reconfortado.

Em direção à luz

Decidi viajar sozinho, não sem algumas apreensões a respeito dos obstáculos que ia encontrar no percurso: degraus a subir, trilhos a atravessar, circulações rápidas entre guichês, na fronteira. O primeiro movimento do vagão me encheu de alegria, como um começo de libertação.

Viajava à noite; as luzes das rodovias, das estações e dos conglomerados urbanos me serviram para estudar, possivelmente pela última vez, minhas deformações de perspectiva.

O motorista de táxi a quem dou o endereço da clínica exclama, feliz: "À clínica do Doutor Barraquer?! Ele me curou e não quis cobrar nada".

Passei por interrogatórios e exames, feitos pelos colaboradores de Barraquer, dos pontos de vista da anamnese geral e especial, das condições cardiológicas e vasculares, da permeabilidade dos canais lacrimais, da flora microbiana dos olhos e também de outros pontos de vista.

Fui, depois, levado à presença do Mestre, homem magro, enérgico e sorridente, cujo aspecto seria o de um artista, e até mesmo de um artista romântico, se não se percebesse nele, desde o início, uma opção pela observação, pela minúcia e pelo método. Após algumas frases amigáveis, num francês castiço (e um tanto vivaz), toma conhecimento de meu prontuário, me examina e me diz que serei operado no dia seguinte, se todas as análises dessa tarde fossem favoráveis. Deixei-o, dizendo alegremente: "Vejo o fim do túnel".

Um curativo oclusivo colocado sobre meu olho direito e preso por uma faixa preta prepara a assepsia da região operatória. No dia seguinte, às 8 horas, volto à clínica; serei operado perto do meio-dia.

Deixado numa sala de espera, ocupo-me examinando os pacientes. Os homens estão, quase todos, acompanhados de uma mulher, e as mulheres, quase todas, de duas pessoas. Um menino de sete ou oito anos, que vai ser operado, põe-se aos gritos; o pessoal da clínica tenta acalmá-lo; pergunto-me a que grau chegará seu terror se não for submetido à anestesia geral; penso que suas lesões devem ser congênitas e me considero afortunado perto dele.

Estou ansioso? Vem-me a ideia de que muitas pessoas, neste lugar, devem ter vontade de ir embora; não faço mais do que considerar essa vontade, tendo consciência da diferença que separa a representação do impulso e a ideia pura da ideia-força. Tenho medo? Sim e não. Certamente, minha confiança no cirurgião é absoluta, a operação é metódica e segura: não tenho a contemplar senão os riscos comuns de qualquer operação do olho. A ideia do bisturi no olho suscita, além de uma repulsão instintiva, uma inquietude bastante racional; do lado do cirurgião, podem ocorrer acidentes que repercutam sobre a operação; quedas de objetos, uma batida no cotovelo, interrupção da energia elétrica ou de alguma força motriz. Esses riscos não são totalmente ilusórios: por duas vezes, contou-me Barraquer, fez-se a escuridão justamente no momento crítico. Num caso, ele acabava de transfixar a córnea: retirar o bisturi às cegas ou deixá-lo mais tempo no local? Ambas as opções expunham igualmente a íris a um corte irreparável. Seus disciplinados auxiliares foram capazes de agir sem pressa nem choques; um castiçal[2] foi trazido com a vela já acesa e a operação continuou. O paciente não havia se mexido; era surdo.

O cômputo dos riscos comporta conclusões contrárias, dependendo de como se pensa a situação: como espectador ou como primeiro interessado. É justo que me digam que tenho contra mim apenas uma chance em mil ou dez mil; sim, mas ela ocorre, é indivisível. Pode-se encontrar a tranquilidade no esquecimento das chances negativas: é a solução preguiçosa do fatalismo. Pode-se encontrá-la também no esforço racional de reduzir a suas proporções essas chances negativas, ao mesmo tempo que se as olha de frente e tenta-se aceitá-las, tendo por conforto o fato de se ter tomado a melhor decisão e de se estar seguro de não se arrepender de nada, aconteça o que acontecer.

Esse método, eu o conhecia; lutei no *front*. Apraz-me, pois, imaginar a operação e a dizer para mim mesmo que da situação em que me encontrava não podia haver um resultado mais feliz que a solução Barraquer. Estava confiante, e quando um resto de apreensão se revelava, eu o afastava alegremente, dizendo-me: "Não tenho esse direito, represento o soldado francês".

A operação

Depois de uma hora de pensamentos como esse, uma religiosa veio me buscar para me levar ao quarto. Preveniu-me de que deveria vestir pijama por cinco dias; durante esse tempo, não deveria colocar ou tirar qualquer vestimenta que pudesse roçar o rosto. De pijama ou de quimono, deito-me na cama e devaneio. De tempos em tempos, levanto-me e abro a mala.

Vem-me a ideia de conferir meu pulso: 76, o que é relativamente baixo; mas se acelera muito quando, ao deixar a cama, faço algumas arrumações. Volto à cama com 108 e o pulso logo baixa para 78, 76. Há, pois, uma instabilidade do pulso, como sinal de emoção latente.

Para fazer essa verificação, colocava meu relógio sobre a cama e observava o ponteiro dos segundos com uma lupa, segurada pela mão na qual eu tomava o pulso. Teria gostado de medir também meu reflexo oculocardíaco, mas para isso precisaria de uma terceira mão.

Perto das 11 horas, entra uma religiosa, que coloca um pouco de pomada entre minhas pálpebras e, pouco depois, um colírio, passa nitrato de prata nos meus cílios e supercílios (o que nos agrada, a ela e a mim), cobre-me a cabeça com uma touca branca, parecida com a de padeiro, e me faz vestir, em vez do quimono, um roupão de pelúcia grossa, pois todos os operados sentem frio; depois, deixa-me só.

Pouco depois do meio-dia, entra uma outra irmã e me chama; Barraquer me espera. Por um corredor escuro, entro numa antessala sombria, cujo fundo é formado de um vidro que dá para uma peça iluminada, que é a sala de operação. A primeira sala é onde ficam os espectadores: médicos ou amigos do paciente.

A sala de operação tem um aspecto clássico, exceto que a metade do teto é em desvão, que as paredes, se não me engano, são de um cinza azulado, e que, além das habituais lâmpadas cialíticas,[3] o teto sustenta uma bateria luminosa horizontal que o atravessa longitudinalmente. Numa atmosfera uniforme como a da água, e totalmente desprovida de sombra, personagens fantasmagóricos, em invólucros brancos inflados e com o rosto parcialmente oculto, movem-se silenciosa e lentamente, como num fluido denso, feito escafandristas por detrás de um vidro de aquário.

Entro rapidamente, coloco-me contra a mesa erguida, que oscila; minha cabeça está entre as mãos do Mestre; seu olhar está dirigido para o meu olho: o trágico duelo com o mal tem início.

Minha primeira impressão, inteiramente imprevista, mas muito penosa, é o suplício do ofuscamento: as lâmpadas e a bateria de iluminação vertem sobre mim uma luz esbatida, mas intensa; não há nenhuma direção do olhar que possa evitá-las; e penso na época dos assírios, na qual se cortavam as pálpebras de um prisioneiro antes de deixá-lo amarrado, de frente para o sol.

Durante todo o tempo da operação, fiquei atormentado pela ideia – e ao mesmo tempo revoltado contra ela – de que minha vontade poderia não ser suficiente para suportar a sensação do ofuscamento, de que eu atingiria aquele grau de enervamento que suprime o controle de si e nos torna cada vez menos incapazes de aquiescência, que nos obriga a implorar por um descanso e que nos expõe, inclusive, a reflexos intempestivos.

Comuniquei minhas sensações a Barraquer: respondeu-me que seus doentes não se queixavam nunca desses desconfortos e que mais tarde ele me examinaria os fundos dos olhos para descobrir as razões de minha sensibilidade.

As manobras iniciais consistem em quatro injeções, das quais uma é intraorbitária (retrobulbitária) e está destinada ao gânglio ciliar, e três são subcutâneas, destinadas a paralisar o orbicular (técnica de van Lint e Villard). Dessas últimas, a primeira percorre a borda orbitária externa, a segunda, a borda orbitária inferior, a terceira está dirigida à emergência do facial. As agulhas são bastante grossas, mas não causam mais do que uma dor banal num local banal; não são capazes de provocar qualquer ansiedade.

A presteza e a perícia de Barraquer contribuem para aliviar ainda mais essas pequenas provações; e eu teria, certamente, preferido suportar por quatro longas horas seguidas os incômodos cutâneos do que ter que fixar por cerca de 20 minutos a implacável bateria de iluminação.

Como a liberdade do olhar ainda me era permitida, tento seguir os movimentos, sóbrios e precisos, do cirurgião. Além disso, ele conversa com o seu paciente durante todo o tempo da operação, explicando, de maneira sincera ou falaciosa, os gestos em curso.

Gestos mais concentrados me indicam que o trabalho vai se dar sobre a córnea. Recebo a ordem de olhar para o polegar do pé direito e, depois, para o polegar do pé esquerdo. Gostaria de continuar seguindo os gestos de Barraquer, mas não consigo mais.

Ele continua a conversar, prodigalizando-me noções técnicas que me escapam e histórias sobre antigos pacientes. Conta-me ter feito uma operação de catarata num oftalmologista, do qual ele declina dizer o nome, pois esse médico teme que seus clientes, sabendo-o privado de cristalinos, o abandonem. Habituado à operação da catarata, ele simula cada uma das mínimas fases em si próprio, enunciando-as com precisão: "Faz-se a transfixação, tira-se, cortando-o, o fragmento, etc.".

Uma desaceleração do ritmo, no instante em que o cirurgião falava de transfixação e de fragmento, e o sentimento de uma relação entre sua ideia e seus gestos me fizeram pensar que nesse instante preciso ele transfixava e cortava.

Digo-lhe: "Você é, além de tudo, um psicólogo: você desvia minha atenção, perseguindo, ao mesmo tempo, dois pensamentos". Continuo, contando-lhe a história de um médico militar romeno que, sob anestesia raquiana, se livrou de seu apêndice vermicular; comentamos o caso em detalhe.

A conversa se dava apenas entre nós dois. O confrade que estava sentado à minha direita permanecia calado, observando o campo operatório; a religiosa, mais longe, à direita, de pé, observava com indiferença, seu papel, parecia-me, sendo ainda restrito.

Curta pausa no discurso do Mestre; muito tempo deve ter se passado, com a córnea aberta; penso que a ventosa vai ser aplicada em seguida: engano, não ouço ainda o som do motor; há o vai e vem dos instrumentos entre a irmã e Barraquer. Compreendo, mais tarde, que nesse instante o Mestre, com finas tesouras, abria essa diminuta janela no músculo da íris, que é como que a marca de fábrica e que, situada na periferia da íris, tem a vantagem de ser invisível e, ao mesmo tempo, de não alterar a forma da pupila.

Enfim, sem que tenha ouvido qualquer ordem, muito suavemente, um motor comandado pela irmã coloca-se em movimento; não se ouve mais que seu ruído numa atmosfera de recolhimento; não ouso fazer qualquer pergunta; parece-me que, sobre meu olho direito, a luz se atenua um pouco (graças à sombra do erisifaco,[4] talvez). Ainda ruído de motor, depois silêncio e, creio, um gesto de afastamento perto de meu olho direito, gesto de retirada dos instrumentos, pois, em seguida, percebo, por sobre meu olho, uma abertura circular livre, toda luminosa, como se eu estivesse no fundo de um poço do qual se acaba de levantar a tampa.

Pergunto se meu cristalino foi extraído; respondem-me que está no chão; digo que gostaria de guardá-lo.

Mas o suplício do ofuscamento não terminou; falta fechar a ferida da córnea por suturas da conjuntiva. Parece-me que sinto, nesse instante, pequenos puxões, sem dor.

Minha resistência diminuiu; sinto como demorado o que há pouco me parecia breve; pergunto qual o número de pontos de sutura: cinco. Espero que quatro já tenham sido feitos: não há mais que três. A conversa continua, com alegria das duas partes, mas não sem constrangimento da minha, pois sou tomado pela inexprimível ideia de saber por quanto tempo continuarei senhor de meus olhos, dado o ofuscamento.

Deitado e de olhos abertos, aperto fortemente, sobre o ventre, com as duas mãos, o laço do cinto de meu roupão. Se assim ajo é por medida de segurança, e não por simples distração, pois me parece que, se minha força de inibição viesse a me faltar, eu seria prevenido disso por um afrouxamento no aperto do laço, e que esse sinal logo me devolveria todo o domínio de meus reflexos. Além disso, esse esforço é dinamogênico, e eu transferia, assim, para a inibição voluntária a soma de energia que irradiava desse esforço.

As suturas concluídas, enfaixam-me os dois olhos; a mesa oscila, ao me erguerem; terminam de me endireitar, sem minha ajuda: Barraquer censura meus movimentos demasiadamente enérgicos. Completamente na escuridão, sinto minhas mãos sendo tomadas por mãos delicadas, as mãos de uma boa irmã que, em marcha a ré, me arrasta, como se estivesse me ensinando a dançar. As irmãs, ajudadas pelo excelente servente, me colocam sobre a cama; um confrade me aconselha a não falar, ou, se falar, tentar manter um rosto imóvel, anglo-saxão, parkinsoniano![5] Previnem-me de que as picadas das injeções deixam uma sensação de contusão; estou certo de que a considero benigna, dado o otimismo que, vencida essa etapa, toma conta de mim.

Pouco depois, chegam confrades barcelonenses. Os médicos colaboradores de Barraquer, que passavam várias vezes durante o dia, me recomendavam que apenas escutasse, sem falar, para evitar puxões em minhas suturas conjuntivas. Dos cuidados médicos, do regime, do conforto moral e físico devidos aos bons cuidados do pessoal, não creio ser útil falar em detalhe. Agradeço a todos e a cada um.

Convalescência

Durante os cinco dias passados em total escuridão, não creio ter me enfadado um único instante, mesmo estando só. A alegria da cura e a amizade circundante eram, em grande parte, a causa disso; mas eu também devia muito a esse hábito da vida interior que é comum às pessoas de estudo e aos religiosos e que alivia a solidão de uns e outros. O primeiro livro d'*A imitação de Cristo* pode, com algumas transposições, ser visto como o programa de todas as vidas meditativas; e eu verificava, uma vez mais, em minha câmara escura, a verdade desta fórmula: "A célula de onde não se sai torna-se agradável". Pensava nas conferências que devia fazer, uma vez curado, e em outras questões desprovidas de atualidade, mas conformes a meus hábitos; e, apesar de minha tensão de espírito, sem nenhum instante de folga (pois, para flanar, é preciso ver), eu não sentia qualquer cansaço.

Essa escuridão prolongada é, parece, das mais penosas para as pessoas de espírito rude e concreto e, em algumas horas, leva algumas delas a uma tal exasperação que é preciso livrá-las do curativo oclusivo (do lado saudável, evidentemente), com o que seu furor cessa. Um alcoólatra, operado por Barraquer, no hospital, tirou, já na primeira noite, o curativo, encontrou algumas roupas e saiu. Foi visto novamente apenas três semanas depois, curado, sem cuidados, nem acidentes, tendo voltado apenas para solicitar óculos.

Os delírios da catarata, que eclodem nos autointoxicados, ou nos autointoxicados, podem ter por causa, parcialmente, a terrível contenção de espírito que a solidão nos impõe, sobretudo quando não estamos habituados a pensar. Frequentemente, no exercício de minha especialidade, vejo ébrios delirar, sem excessos especiais e sem choque, unicamente porque sua mulher e seus filhos estão em férias; outros deliram assim que entram numa prisão, sem que, entretanto, a inculpação mínima ou, para eles, habitual os preocupe. A obrigação de se ter a si mesmo como companhia é uma provação à qual muitos cérebros não resistem.

Barraquer visita seus doentes duas vezes por dia. Frequentemente, prolongava suas permanências no meu quarto, para conversar. Artista por suas maneiras de pensar, ainda que não tendo a arte por objeto, curioso a respeito de todas as ciências naturais, simpatizando com o pensamento animal, sempre buscando a solução de alguns problemas, sempre agitado e intrépido, ele é um prodigioso foco de vida e de pensamento. Ele pensa fotografar o fundo do olho por raios ultravioletas (que não afetam a pupila) e, para superar os obstáculos tanto biológicos quanto físicos, inventa dispositivos divertidos, por seu imprevisto.

Estuda não apenas o olho animal, mas também as formas animais raras, como o dipneusta, parente do axolotle mexicano, que vive apenas nas cisternas ibéricas, e dos quais é colecionador. Com as aventuras dos cães pastores, dos pumas, dos guepardos, dos símios, dos répteis que ele coleciona, será feito um livro de historietas divertidas. Grande mecânico, estudou o motor de automóvel na medida em que não exigisse uma especialização extrema. Conhece todas as estradas da Europa e todos os caminhos vicinais da França. Como se dizia cansado e eu indicasse, para repouso, certos cantos da Provença ou de Auvergne, respondeu que a imobilidade acabaria com ele, que só o movimento o relaxaria e que seu repouso estava na estrada. Em Paris, estudou histologia com nosso bom Mathias Duval, do qual ele fala com afeição.

Barraquer não se demorou junto a mim: escutei-o conversar nos quartos vizinhos, pelo prazer de ser amável, e isso apesar do programa esmagador de suas jornadas.

Um acidente

No quinto dia, meu curativo foi retirado por alguns instantes. Barraquer, encantado com a bela esfericidade da minha pupila, me mostrou cinco dedos, me fez ler, num relógio, com uma lupa, e recobriu-me o olho. Continuei encantado por ter recuperado a percepção de luz límpida e de cores vivas, esperando poder discernir os contornos com o auxílio de uma lente.

Infelizmente, na noite seguinte, um acidente veio alterar esses resultados, ao menos do ponto de vista estético. Relato esse acidente porque sou o único culpado. Nessa noite, virei-me, dormindo, para o lado do olho operado e, sob a pressão do travesseiro ou da mão, os fios conjuntivos se romperam, a ferida da córnea se abriu novamente; compreendi que uma hemorragia se produzira e temi por uma hérnia na íris.

Sentia, na órbita, uma queimadura de ferro em brasa; a mesma sensação se prolongava e se ramificava no nervo maxilar superior, demarcando, como que por meio de linhas de fogo, meus dentes e sua inervação. Mantive-me sentado por alguns instantes, as mãos aplicadas diante da órbita sem pressioná-la; mas, pensando que, nessa posição, a íris poderia salientar-se mais do que em decúbito dorsal, voltei a me deitar.

Fiquei acordado por três horas, sofrendo muito, mas achando melhor não chamar ninguém, voltando, depois, a dormir; quando acordei, não sofria mais.

Às 8 horas, Barraquer, desolado e furioso, declara que não há piores doentes do que os médicos, que ele havia errado em me deixar receber visitas, que foram os meus excessos de conversa que fizeram trabalhar meu cérebro durante o sono e provocaram um sonho funesto, ou que irritaram minhas suturas, de maneira que cocei o olho. O curativo levantado carrega manchas de sangue, e a córnea lavada mostra uma câmara anterior cheia de sangue: toda visão foi suprimida. Mas minha confiança em Barraquer é tão profunda que, primeiramente, fui eu que tentei confortá-lo, e, em segundo lugar, em vez de pensar em salvar o olho, o que considero como adquirido, só penso em conservar-lhe a estética. Quero pedir a Barraquer, caso a íris fique ressaltada, que faça com que ela volte ao lugar sem praticar o corte que é de regra nesses casos; gostaria de conservar o benefício do Método de Barraquer, que deixa a pupila intacta. Pergunto: "A íris saiu do lugar?". Barraquer tendo me respondido "não", não tenho motivo para pedir-lhe que temporize.

De meu olho esquerdo tomado pela catarata, não posso discernir as manobras que ele pratica com perícia sobre meu olho direito; reconheço o ruído das tesouras finas caindo abertas numa bacia e me pergunto se serviram para cortar os restos de fio ou para fazer uma incisão na minha íris. Otimista, apesar da dor recente, mas, por outro lado, debilitado em meu senso crítico por essa dor, admito que eles não tinham cortado senão restos de fios.

A seguir, Barraquer me diz: "Sobre a sua pergunta se a íris saiu do lugar, eu teria respondido 'sim' se você não fosse médico e, nessa condição, capaz de compreender todo o risco. Meu auxiliar me lançou um olhar surpreso quando eu disse 'não'; mas esse olhar lhe escapou. Corremos o risco de inflamação da íris, glaucoma, perda do olho. Não faço o recalcamento sem corte a não ser numa íris completamente sã, como se encontra nos ferimentos acidentais da córnea, quando tratados imediatamente. No olho doente traumatizado, tenho sempre cortado a íris. Mas essa precaução nem sempre é suficiente. Vi um oficial da marinha, no dia em que lhe tirei o curativo, experimentar, por causa da vista recuperada e da pupila perfeitamente esférica, um alegria tal que seu rosto se congestionou intensamente, e o olho foi acometido por uma hemorragia, tendo sido impossível salvá-lo. Um americano rico, vindo com a família, se rejubilava, no sexto dia, por estar curado, quando sua filha, ao abraçá-lo, pressionou-lhe o olho com a aba do chapéu; ele acabou perdendo o olho.

"Você correria, por outro lado, menos risco pós-operatório, com a ablação do cristalino juntamente com sua cápsula (método dito intracapsular) do que com a ablação apenas do cristalino (método dito extracapsular), que é o método clássico. Com efeito, a extração só do cristalino, após a abertura de sua cápsula, faz-se por raspagem e deixa, obrigatoriamente, resíduos; ora, esses últimos são um chamariz para infecções. O humor aquoso é fortemente antisséptico: se, num vidro, é misturado com sangue, não se verá formar-se uma cultura microbiana; se é misturado, em troca, com restos de um cristalino tomado pela catarata, a infecção logo se desenvolverá."

Ao fim de cinco dias, minha câmara anterior estava clara e meu olho estava salvo.

Alguns dias mais tarde, Barraquer me diz: "Deixo-lhe a escolha. Seu segundo olho pode ser operado dentro de um ano, ou logo em seguida. As condições operatórias, daqui a um ano, serão melhores". Respondi-lhe: "No último caso, não haveria, assim, o benefício da maturação". "As condições operatórias serão mais propícias passado um ano", repete ele. "Aceita operar em seguida?", pergunto-lhe. "Sim", responde-me. "Então operemos amanhã; minha confiança é ilimitada", concluo.

Barraquer agradece-me por provar-lhe minha confiança e calorosamente aperta-me a mão.

Os ritos preparatórios e os ritos de execução de minha segunda operação foram os mesmos de antes.

No instante em que uma irmã me chama para me levar até Barraquer, dois confrades psiquiatras, no meu quarto, falavam sobre psiquiatria comigo. Convidei-os a me seguirem para que me vissem sendo aguilhoado: eles se recusaram.

O suplício do ofuscamento recomeçou. No curso da operação, como o auxiliar parecia estar um instante desocupado, pedi-lhe que me tomasse o pulso: 76. Esforcei-me por seguir os movimentos do cirurgião, sempre tão restritos e tão calmos que pareciam lentos.

Uma visão feliz e precisa foi a da claridade circular bem unida que surgiu por sobre meu olho quando o erisifaco foi levantado e, com ele, meu cristalino. Ainda dessa vez, a realização das suturas me pareceu longa. As sequências operatórias foram sem incidentes; minha pupila esquerda revelou-se, após cinco dias, perfeitamente esférica; ainda o é.

Visão após a cirurgia

A visão restituída em cada uma das operações foi acompanhada, pelo olho em causa, de perturbações ligeiras, descritas como se segue.

Obviamente, difusão geral de todas as coisas contempladas, um pouco como o que ocorre com a visão embaixo d'água. Depois, cálculo impreciso das distâncias, no que respeita ao movimento de aproximação. Quando queria pegar um objeto, sabia de antemão que seria preciso avançar a mão dez centímetros além do ponto que eu achava estar enxergando; se queria subir na calçada, calculava o meio fio mais próximo do que na realidade estava e meu pé não o encontrava, o que frequentemente me fazia cair.

Um fenômeno de astigmatismo, devido, provavelmente, à obliquidade recíproca das bordas da ferida da córnea, na sua junção inicial, era o seguinte. Qualquer ponto luminoso produzia uma imagem perfeitamente geométrica, com forma constante. Essa forma era, para o olho direito, a de uma clave de sol fortemente inclinada para trás, com o apêndice inferior muito alongado e muito oblíquo. À noite, as luzes resplandecentes dos lampadários e das vitrines me pareciam outras tantas claves de sol, suspensas na altura e na distância máximas; a maior dimensão dessas singulares figuras era de aproximadamente dois metros. O ponto brilhante de um prego de cobre, visto a dois metros, produzia uma clave de sol de 25 centímetros. Para o olho esquerdo, menos molestado, a falsa imagem era de tamanho menor: ela representava uma framboesa um pouco escalena, quero dizer, com base oblíqua, toda desenhada por filamentos luminosos, como, antes, a palha de aço de minhas rosáceas. Oito meses após minhas duas operações, a clave de sol e a framboesa de fios brilhantes ainda subsistem, mas reduzidas a menos da metade.

Quando os pontos brilhantes são numerosos e apertados (por exemplo, os vazios luminosos de uma folhagem), seu conjunto se sistematiza com uma disciplina curiosa; todas as figuras são como que postas sobre os pontos nodais de uma rede muito regular, que é mais adivinhada do que percebida. Para o olho direito (que vê claves de sol), essa rede é em forma de losango, ou seja, feita de dois sistemas de paralelas que se interseccionam, mas sistemas de inclinações desiguais, de maneira que os grandes eixos dos losangos são inclinados. Para o olho direito (que vê framboesas de fogo), as malhas da rede são quadradas, pois uma poeira de luz preenche os ângulos. No sistema de losango, tal como no sistema quadrado, os motivos parecem se atraírem, pois rastros luminosos os ligam entre eles. O conjunto é de um papel de parede com motivos pintados com pó de ouro.

O olho operado da catarata tende a modificar qualquer cor pela adição de uma ponta de azul. Barraquer me havia prevenido a respeito. As cores fortes e escuras não são modificadas; as clores claras e esbatidas têm a cor dominante ligeiramente modificada, algumas vezes com vantagem: um rosa puro torna-se tingido de violeta, um rosa tingido de violeta adquire uma nuance mais rara; as nuances cruas tendem a desaparecer. Sobre uma figura bem iluminada, o azul se localiza nos côncavos: órbitas, rugas, covinhas causadas por sorrisos, abertura dos lábios, raiz dos cabelos. Uma roupa branca parece ligeiramente azulada nas regiões bem claras e nitidamente azul nas zonas de sombra; situação que lembra, não sem alguma graça, os quadros do período chamado impressionista.

Para meu olho esquerdo, a cor dominante não é azulada, mas de um matiz lilás. Letras brancas sobre um fundo azul são vistas rodeadas de um debruado rosa.

O uso de lentes fortemente convexas acarreta algumas perturbações. Sobretudo, as dimensões dos objetos são aumentadas desmesuradamente: uma xícara é vista como uma pequena tigela, um papel de carta parece papel de caderno escolar, uma peça de dez centímetros parece ter 25, etc. Além disso, as linhas retas não são mais vistas como retas, exceto duas, a saber, a vertical mediana e a horizontal mediana do campo visual: todas as outras retas tornam-se curvas, dando a formas geométricas, como as das portas, distorções, seja de barrilete, seja de feixe.

Um pintor, também operado, me dizia: "Não vejo senão tonéis". Uma folha de papel perfeitamente retangular nunca me parece bem cortada, torna-se um trapezoide com margens curvas mudando de forma constantemente, de acordo com a posição. Perdi não o sentido, mas a percepção do ângulo reto e da linha reta. Conforme os incidentes do olhar, um círculo torna-se uma elipse ou volta a ser circular.

O fato de que, usando os óculos, vejo aumentados e aproximados os objetos colocados à minha frente tem por consequência restringir meu campo de visão, de maneira que os objetos colocados lateralmente, ou mesmo em posição anterolateral e que, sem meus óculos, seriam enxergados, me são invisíveis; minhas mãos batem neles e causam acidentes. Da mesma maneira, esbarro, com frequência, o pé na base das cadeiras ou das mesas, ou em objetos apoiados na parede, como uma bengala, uma tábua, uma escada. Não vejo meus pés ou não calculo bem sua posição a não ser sem óculos. Evidentemente, são os óculos para perto que me enganam mais.

A visão à distância, com lentes corretivas, é praticamente satisfatória para todos os planos. Para a leitura, o *punctum proximum* demasiado fixo causa algum desconforto; o texto que se distancia ou que se inclina torna-se imediatamente vago. A obrigação de mudar de óculos, para passar do próximo ao longínquo, é uma servidão contínua. Utilizo, algumas vezes, o subterfúgio que consiste, quando tenho postos os óculos para perto, em colocar diante deles, por alguns instantes, um monóculo manual com lente côncava que lhes diminui a convergência; assim, escrevendo em minha escrivaninha, posso ver as horas no relógio de pêndulo da lareira. Em termos técnicos, minha visão é dez décimos, ou dito de outra maneira, perfeita, dadas as condições. Meus olhos, entretanto, se tornam mais facilmente cansados do que antigamente.

Nessa exposição narrativa, abstive-me, propositadamente, de qualquer precisão de ordem técnica. Para os detalhes operatórios e para as vantagens especiais do método, assim como para as provas estatísticas de sua validade, remetemos à tese do Dr. Cadilhac (1930). Colocamos nossos olhos à disposição de qualquer confrade que os queira examinar.

Notas

As notas são, todas, do tradutor.

[1] Parte do cristalino situada entre o núcleo e a periferia.

[2] No original, "*rat de cave*", literalmente, "rato de cave". O castiçal, utilizado nas caves para procurar uma determinada garrafa de vinho ou para examinar o interior dos barris, tem essa denominação porque a alça para pegá-lo lembra o rabo de um rato.

[3] Lâmpadas utilizadas nas salas de cirurgia, destinadas a diminuir ou eliminar as áreas de sombra.

[4] Nome técnico do aparelho de aspiração, a ventosa de Barraquer, utilizada para extrair o cristalino e sua cápsula.

[5] A referência é a um dos sintomas da chamada Síndrome de Parkinson: a falta de expressão facial que dá ao rosto uma impressão de máscara.

[A presente tradução baseou-se na versão reproduzida no site: <http://psychanalyse-paris.com>.]

O testamento de Clérambault

Expio a única culpa de minha vida. Em 1929, comprei um quadro, proveniente, asseguravam-me, de uma herança já antiga, cujos herdeiros distantes não podiam ser encontrados, de maneira que eu não prejudicava a ninguém. Nunca pensei em revendê-lo, e desejava legá-lo ao Louvre. Eu não sabia a quem devolvê-lo. A herança seria de um certo Jehn, restaurador de quadros falecido em torno de 1914. Faço o sacrifício de indicar o meu motivo de morte, para poupar aos detentores de meus direitos *dificuldades imerecidas*. Poderia destruir esse quadro, mas não quero isso, não tenho esse direito.

Todos os meus atos profissionais têm sido escrupulosos no mais alto grau. Qualquer asserção contrária foi e será caluniosa.

Por meu desprezo por vantagens, por meu descuido pelos meus interesses, por minha carência total de senso prático, por minha independência, pela estrita observação de meus deveres, por minha paixão por qualquer tipo de causa nobre, fui um idealista, como o reconhecerão até mesmo muitos de meus inimigos.

Lamento não ter morrido no *front*, numa época em que minha conduta merecia a aprovação de todos, tal como o demonstra o documento em anexo.

Lamento morrer inutilmente. Lamento morrer sem ter conhecido o fim do período perigoso que a França atravessa neste momento. Mal me atrevo a escrever: "Viva a França!".

Amedronto-me com a ideia de que vou provocar mais outro escândalo, com repercussões sobre o meu país e à repartição em que trabalho; e, no entanto, que diferença entre meu capricho imprudente e a cobiça de todos aqueles com os quais, sem motivo, me compararão.

Peço perdão à lembrança de meu pai e de minha mãe, a meus camaradas de combate, a meus amigos, à repartição a que servi tão fielmente, a todos aqueles aos quais estou ligado, aí compreendida minha casta de origem e, sobretudo, os meus colegas alienistas, sempre tão facilmente incriminados e, entretanto, de um valor moral tão elevado. Eles sabem que tive uma vida laboriosa e quase ascética, sem ambição, satisfeito com minha pobreza, incapaz de uma concessão e de um cálculo interessado. Foi preciso uma tentação pela arte e uma ilusão passageira para cometer um ato danoso, para anular o renome de toda uma vida. Os que me conheceram verdadeiramente não se envergonharão de mim. Eu não merecia ter tido essa fraqueza. Sou punido, mais que por qualquer outra coisa, pela perda dos resultados de todo o meu trabalho. Os documentos reunidos durante 40 anos serão dispersados. Verdades importantes que entrevi caem no nada. Seria, contudo, desejável que minhas fotografias etnográficas (mais de quatro mil) fossem depositadas no Museu do Trocadéro ou na Sociedade dos Africanistas (Museu), ou vendidos à Sociedade de Edição de Arte.

O testamento, de data de janeiro de 1934, pelo qual eu instituía dois herdeiros fora de minha família, fica revogado. Lego todos os meus haveres à Assistência Pública.

Assino com pesar com um nome que eu teria recebido tão puro e ao qual honrei por muito tempo.

Dr. G. Gatian de Clérambault.
17 de novembro de 1934

O testamento é acompanhado, após a assinatura e a data, de uma breve relação de propriedades, escrita de próprio punho e letra por Clérambault, na qual figuram os nomes dos notários encarregados de administrá-las:

Paris. Sr. Brunet
Rua Danicourt, 46
Malakoff

Montrouge. Sr. Flichy

Tours. Sr. Galichon
interesses diversos
Le Blanc (Indre). Sr. Dupluaix

Sociedade Geral Agência D. Paris, rua do Bac
Crédito Ind. e Comercial Agência BK.
O segredo de minha caixa-forte é NATE.

Na margem esquerda da segunda e última página do testamento e em sentido vertical, no espaço que fica livre, aparece escrito:

"Encontrado por nós, Jules Antoine Pollet, escrivão forense da justiça de paz do cantão de Vanves e delegado, no sábado, 17 de novembro de 1934, no curso da colocação do lacre praticado nesse dia no domicílio do Sr. Gatian de Clairambault (sic), rua Danicourt, n. 46, em Malakoff, após seu falecimento ocorrido nesse mesmo dia, e assinado na rua Variefus por nós e pelos presentes."

[Este parágrafo é assinado por três pessoas: Pollet, Mainarov e Marie Juthier.]

[Tradução feita a partir da versão em espanhol publicada na *Revista da Asociación Española de Psiquiatría*, 1999, XIX(71), p. 467-486. A tradução espanhola é de Francisco González Estévez, que obteve o original de Alain Rubens, autor de *Le maître des insensés. Gaëtan Gatian de Clérambault [1872-1934]*, onde se reproduzem alguns trechos do original francês do testamento.]

Cronologia

Gaëtan [Henri Alfred Edouard Léon Marie] Gatian de Clérambault

1872 Nascimento, em Bourges (região administrativa do Centro, Departamento de Cher), em 2 de julho.

1880 Inicia seus estudos na escola católica Sainte-Marie, em Bourges.

1881 O pai, Édouard, funcionário do Serviço de Registro Civil, é transferido para Guéret (região administrativa de Limousin, Departamento de Creuse), onde assume o cargo de Inspetor. (Não há informações sobre a escola aí frequentada.)

1885 É enviado a Paris, para estudar no prestigioso colégio católico Stanislas, ingressando na *"classe de quatrième"* (equivalente da sétima série.)

1888 Frequenta, provavelmente para uma breve temporada de estudos de verão, a escola Saint-Charles, em Saint-Brieuc (região administrativa da Bretanha, Departamento de Côtes-d'Armor). Conclui os estudos secundários no colégio Stanislas.

1889 Frequenta, por dois anos, a Escola Nacional de Belas Artes, onde estuda desenho com Luc-Olivier Merson.

1890 Inicia estudos em Direito, obtendo o diploma em 1892.

1892 Inicia estudos na Faculdade de Medicina de Paris. Presta serviço militar no 51º Regimento de Infantaria, em Beauvais.

1898 Residência em Medicina nos hospícios do Sena.

1899 Tese de Medicina sobre hematomas da orelha em alienados: *Contribution à l'étude de l'othématome (pathogénie, anatomie et traitement)*.

1902 Inicia sua residência na Enfermaria Especial da Chefatura de Polícia de Paris, concluída no ano seguinte.

1904 Viaja à Áustria, onde trabalha como médico particular de uma condessa.

1905 Nomeado médico-adjunto da Enfermaria Especial da Chefatura de Polícia de Paris.

1908 Publicação da primeira parte de "La passion érotique des étoffes chez la femme", nos *Archives d'anthropologie criminelle*. A segunda parte é publicada, na mesma revista, em 1910.

1910 Primeira viagem à África do Norte (Tunísia), onde, provavelmente, faz os primeiros desenhos e tira as primeiras fotografias dos drapeados árabes.

1913 Segunda viagem à África do Norte (Tunísia).

1914 Integra-se aos esforços da Grande Guerra, partindo para o *front* em 7 de agosto. Em outubro, é nomeado médico-chefe do 292º Regimento de Infantaria.

1915 Durante uma missão de reconhecimento, em 7 de março de 1915, é ferido no ombro direito.

1916 É enviado à frente oriental da Guerra, nos Bálcãs, tendo a perna gravemente ferida, em 29 de setembro, na Sérvia.

1917 Retorna à França, em janeiro de 1917, onde conclui sua convalescença, nos hospitais militares de Nice e de Paris. Em setembro, é enviado à frente da guerra no Marrocos, como oficial dos serviços de saúde do exército francês. Aproveita para continuar seus estudos do drapeado árabe. Encomenda a um artista marroquino a confecção de uma estela funerária (ver, ao final desta cronologia, o conteúdo da inscrição).

1919 Desmobilizado em janeiro. Retoma, em maio, suas funções na Enfermaria Especial. Publicação de *O automatismo mental*.

1920 Nomeado médico-chefe da Enfermaria Especial, cargo no qual permanece até o ano de sua morte, em 1934.

1921 Comunicação intitulada "Introduction à l'étude des costumes indigènes drapés", no 2º Congresso de História da Arte, no anfiteatro Michelet, da Sorbonne. A comunicação é acompanhada da apresentação de 14 manequins articulados vestidos com drapeados árabes, bem como de um modelo ao vivo, vestido com um *haïk*.

1922 Expõe, na Exposição Colonial, em Marselha, 40 das fotografias de sua coleção sobre o drapeado árabe. Paul Léon, subsecretário de estado das Belas Artes, presente à Exposição e especialista, também ele, dos drapeados árabes, convida Clérambault a dar duas conferências anuais na Escola Nacional de Belas Artes, da qual é diretor. Em carta a Paul Léon, explica: "Os encontros de linhas, os movimentos de superfície, os trajetos interiores de um tecido translúcido, a fluidez de um tecido dirigido à iluminação, todos esses efeitos, cujos protótipos foram fixados por minhas imagens fotográficas (sem pretender, por outro lado, ter captado a sua intensidade), não foram ainda percebidos pelos Artistas orientalistas como Temas para a arte. [...] O resultado de meu ensino não seria nada menos do que o de introduzir, *enfim*, o Drapeado na Pintura orientalista" (RUBENS, 1998, p. 165).

1924 Inaugura seu ciclo de conferências na Escola de Belas Artes, no dia 13 de março, para uma seleta plateia. Alain Rubens (1998, p. 166-167) assim descreve essa primeira conferência: "Nesse dia, o mestre, precedido de dois bedéis e carregando uma maleta, faz sua entrada. O público, que compareceu convocado por um convite estritamente pessoal, observa-o religiosamente da plateia. O homenzinho assume seu lugar atrás do púlpito, instalado sobre um estrado. Não se ouve uma mosca. [...] O mestre tira de sua maleta figurinos articulados, feitos de madeira, que ele próprio vestiu com diferentes drapeados. Faz entrar, em seguida, um modelo vivo que ele veste com o mesmo tipo de tecidos dos manequins. Ele dispensa uma atenção extremamente meticulosa à execução dos gestos para dispor o tecido. O simples contato entre o tecido e a mão é, para o médico, uma mina de informações. O drapeado lhe fala como a ninguém mais. Ele é capaz de precisar-lhe o modo com que foi tecido, seu país de origem. A ciência tátil da águia da Torre pontuda [alusão ao edifício onde está alojada a Enfermaria Especial, que se distingue exatamente por suas torres em forma de ponta] é infinita...".

1926 Último ano do ciclo de conferências na Escola de Belas Artes. É dispensado de suas funções, aparentemente por intriga de professores da Escola, por não ter passado pelas vias formais de formação artística.

1927 Faz uma exposição, em 25 de julho, no 31º Congresso dos Alienistas e Neurologistas da França, na cidade de Blois, de sua teoria do Automatismo Mental. Nesse mesmo ano, tem seus primeiros problemas oculares.

1928 Em 5 de maio, apresenta, em sessão da Sociedade de Etnografia, presidida por Louis Marin, sua "Classificação das roupas drapeadas" (ver tradução na presente coletânea).

1931 Comunicação, em sessão da *Societé d'Ethnographie de Paris*, sobre suas pesquisas tecnológicas sobre o drapeado (ver tradução na presente coletânea).

1934 Acometido de catarata é operado em janeiro, em Barcelona, na clínica do famoso cirurgião Ignacio Barraquer (1884-1965). Dado o sucesso da operação do olho direito, Clérambault decide pedir a Barraquer que lhe opere, em seguida, também o olho esquerdo. Como relata o próprio psiquiatra, em sua narrativa da operação, "Lembranças de um médico operado da catarata", apesar do relativo sucesso da cirurgia, persistem inúmeras dificuldades de visão (ver tradução na presente coletânea).

1934 Deprimido pelos problemas de visão e por uma artrite vertebral, prepara cuidadosamente a cena de seu suicídio. No dia 16 de novembro, após testar o seu revólver de militar, com alguns tiros no pátio da casa, senta-se numa poltrona, calçada contra a cama, para evitar qualquer deslocamento da arma, e diante de um espelho, dispara um tiro na boca. É sepultado no cemitério de Malakoff, mas, por decisão de membros da família, sem a estela funerária árabe esculpida, em 1917, por um artista marroquino. Só muito mais tarde, a estela funerária, que jazia num depósito do Museu do Homem, em Paris, é colocada, por ato da administração da cidade, junto ao seu túmulo. Sobre ela, lê-se, em árabe: "A quem visitar um dia nossa tumba: / Lembre-se do assalto da Morte. / Não seja vaidoso. / Quantos daqueles que se julgavam preservados / Foram tragados pela fossa / Seja devoto e piedoso nesta vida / E triunfará."

Referência

RUBENS, A. *Le maître des insensés. Gaëtan Gatian de Clérambaut (1872-1934)*. Louisant: Institut Synthélabo, 1998.

Este livro foi composto com tipografia Bembo e impresso
em papel Chamois Dunas Fine 80 g na Formato Artes Gráficas.